# 韓語40音

## 完全自學手冊

修訂版

郭修蓉————著
곽수용

晨星出版

目次

## 子音

## 終聲

## 複合子音

## 發音規則

## 鍵盤打字

# 作者序

　　市面上的韓語學習書，雖說適合自學者，但有些卻內容太淺、說明不夠詳細，要學會正統的發音有些困難。韓語的發音並不單純，很多時候需要注意小細節，例如：舌頭的擺放位置、發音的器官……，都會影響學習者的發音，作者將自己在教學經歷中所累積的精華融入這本書裡，不論是否有學過韓語，皆能透過此書學習正統的發音技巧，可以說是一本發音經典書。

　　由於韓文字面上的字與實際發音會隨著不同發音規則有所變化，此書不僅教您學會 40 音，還有發音規則單元，帶您了解學韓語時必須學會的基本發音規則。

## ● 此書包含以下內容

一、首先帶您了解韓文字母的誕生與原理、漢字的地位及影響力、韓文字的組合，有了這些概念，學習韓語會更輕鬆。

二、韓語 40 音：搭配羅馬拼音說明，讓學習者容易抓住其發音，並搭配作者親錄的雲端音檔，學會最道地的語調。

三、終聲：學習終聲的重點在於舌頭的位置、嘴巴的張開或緊閉，針對學習者容易忽略的重點進行解說。

四、發音規則：學完基本的發音，接著學習最基本的發音規則，才能夠說真正完成了一整套韓文發音課程。

五、鍵盤教學：看著圖片教學輕鬆掌握電腦及手機打字的方法，且學習韓文手機鍵盤的兩種不同輸入法。

# 音檔使用說明

**1**

## 手機收聽

1. 偶數頁（例如第 14 頁）的頁碼旁邊附有 **MP3 QR Code** ◄╌╌╌╌╌╌╌╌╌
2. 用 APP 掃描就可立即收聽該跨頁（第 14 頁和第 15 頁）的作者
   朗讀音檔，掃描第 16 頁的 QR 則可收聽第 16 頁和第 17 頁……

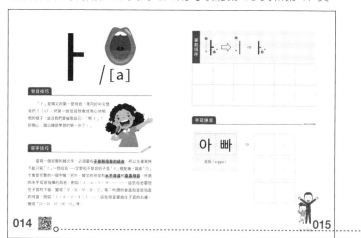

**2**

## 電腦收聽、下載

1. 手動輸入網址＋偶數頁頁碼即可收聽該跨頁音檔，按右鍵則可另存新檔下載
   https://video.morningstar.com.tw/0170030/audio/**014**.mp3
2. 如想收聽、下載不同跨頁的音檔，請修改網址後面的偶數頁頁碼即可，例如：
   https://video.morningstar.com.tw/0170030/audio/**016**.mp3
   https://video.morningstar.com.tw/0170030/audio/**018**.mp3

   依此類推……

4. 建議使用瀏覽器：Google Chrome、Firefox

**3**

## 全書音檔大補帖下載（請使用電腦操作）

1. 尋找密碼：請翻到本書第 136 頁，找出第 1 個單字的中文解釋。
2. 進入網站：https://reurl.cc/V8XA2R（輸入時注意英文大小寫）
3. 填寫表單：依照指示填寫基本資料與下載密碼。E-mail 請務必正
   確填寫，萬一連結失效才能寄發資料給您！
4. 一鍵下載：送出表單後點選連結網址，即可下載。

# 前言

## ● 韓文字母的創造

　　以前的韓國並沒有屬於自己的字母，在書寫上只能借用漢字，一般老百姓很難透過書寫的方式來表達自己的想法。西元 1443 年，在朝鮮王朝的第四代國王「世宗大王」的命令之下，創造出 28 個韓文字母，分別為 17 個子音和 11 個母音，後來刪除其中 4 個字母，只使用其中的 24 個字母。在西元 1446 年頒布名為《훈민정음　訓民正音》的書，《訓民正音》的意思是「教導百姓正確的音」，裡面記載創立韓文字母的目的與製作原理等內容，《訓民正音》在 1997 年被聯合國教科文組織列為「世界文化遺產」。除此之外，韓國政府將每年的 10 月 9 日訂為「韓文日」，來紀念韓文字母的誕生，當天是韓國的國定假日。

《訓民正音》的 28 個字母如下，其中「ㆁ、ㅿ、ㆆ、‧」現在已經消失。

▲《訓民正音》的 17 個子音

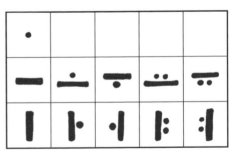

▲《訓民正音》的 11 個母音

《訓民正音》17 個子音的發音部位

| 牙音 | ㄱ、ㅋ、ㆁ |
|---|---|
| 舌音 | ㄷ、ㅌ、ㄴ |
| 半舌音 | ㄹ |
| 齒音 | ㅈ、ㅊ、ㅅ |
| 半齒音 | ㅿ |
| 唇音 | ㅂ、ㅍ、ㅁ |
| 喉音 | ㆆ、ㅎ、ㅇ |

# ● 造字的原理

　　韓文的母音是由天「‧」、地「一」、人「丨」作為基本觀念設計而成。

　　韓文子音是模仿發音的部位與形狀（舌頭、嘴唇、喉嚨）創造出來的，由「ㄱ、ㄴ、ㅁ、ㅅ、ㅇ」五個子音延伸出其他子音，請參考以下圖片：

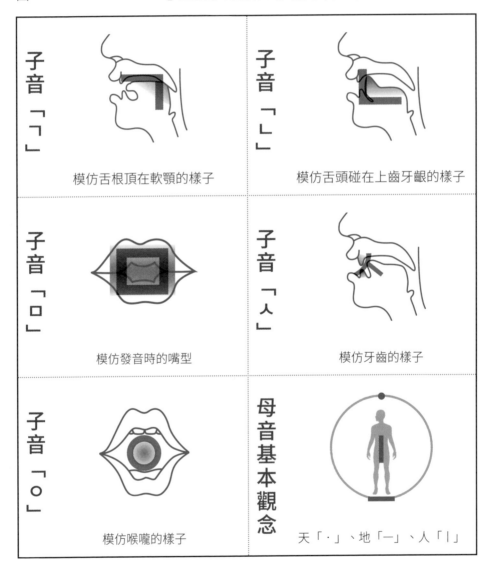

子音「ㄱ」
模仿舌根頂在軟顎的樣子

子音「ㄴ」
模仿舌頭碰在上齒牙齦的樣子

子音「ㅁ」
模仿發音時的嘴型

子音「ㅅ」
模仿牙齒的樣子

子音「ㅇ」
模仿喉嚨的樣子

母音基本觀念
天「‧」、地「一」、人「丨」

以下為《訓民正音》17 個基本子音的造字原理，最左邊一行為 5 個代表子音「ㄱ、ㄴ、ㅁ、ㅅ、ㅇ」，再延伸出其他子音。

| | |
|---|---|
| | ㄱ → → ㅋ → ㆁ |
| | ㄴ → ㄷ → ㅌ → ㄹ |
| | ㅁ → ㅂ → ㅍ |
| | ㅅ → ㅈ → ㅊ → △ |
| | ㅇ → ㆆ → ㅎ |

## ● 漢字對現代韓國的影響力

　　根據韓國國立國語研究院的調查，在 50 多萬個韓文單字當中，超過 25 萬個單字為漢字語，且有 34% 是與漢字同字同音，例如：「移動」的韓文單字是漢字的「移動」翻過來的，發音幾乎相似；「化妝室」的韓文單字也是漢字語，發音非常相似。

　　除此之外，很有趣的事情是韓國人都有自己的漢字名，就連身分證上也會標記漢字名，那麼，這些漢字名是怎麼來的呢？每個中文漢字都有其對應的韓文字，換句話說，韓文字有它對應的各種不同意義的漢字存在，像是「수」這個韓文字對應的漢字有「水、修、數、需」……等。另外，在韓國的報紙或電視節目等地方，也會標記漢字！至於韓國人看得懂多少漢字，是要看個人的漢字能力。

**韓國的身分證**

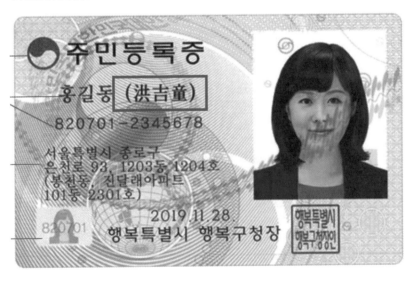

圖片來源：韓國政府 - 行政安全部 Ministry of the Interior and Safety
網址：www.mois.go.kr

## ● 韓文字的組合

　　韓文字母共有 40 個（稱 40 音），分別為 **21 個母音**和 **19 個子音**。
若要組成一個韓文字，必須要有子音加上母音，才能變成完整的韓文字。
有以下六種可能：

　　第 1 種、第 2 種構造為一個子音加上一個母音組成的**最基本構造**。母
音放的位置不一樣，隨著水平母音和垂直母音放的位置會不同。詳細的內
容請參考母音單元的解釋喔！

　　第 3 種、第 4 種構造，與最基本的構造相比，下面又多了一個子音，
也就是說，一個韓文字裡會有兩個子音！這時候，多餘的子音稱為「終聲
（結束的聲音）」或「收尾音」。

　　第 5 種、第 6 種構造，與上述的構造相比，終聲旁邊又多了另外一個
子音，也就是說，一個韓文字裡共有三個子音！這時候，終聲位置上的子
音稱為「複合子音」。

## ● 羅馬拼音參考

| ㅏ | ㅓ | ㅗ | ㅜ | ㅡ | ㅣ | ㅐ | ㅔ | ㅚ | ㅟ |
|---|---|---|---|---|---|---|---|---|---|
| a | eo | o | u | eu | i | ae | e | oe | wi |

| ㅑ | ㅕ | ㅛ | ㅠ | ㅒ | ㅖ | ㅘ | ㅝ | ㅙ | ㅞ | ㅢ |
|---|---|---|---|---|---|---|---|---|---|---|
| ya | yeo | yo | yu | yae | ye | wa | wo | wae | we | ui |

| ㄱ | ㄴ | ㄷ | ㄹ | ㅁ | ㅂ | ㅅ |
|---|---|---|---|---|---|---|
| g/k | n | d/t | r/l | m | b/p | s |

| ㅇ | ㅈ | ㅊ | ㅋ | ㅌ | ㅍ | ㅎ |
|---|---|---|---|---|---|---|
| ng | j | ch | k | t | p | h |

| ㄲ | ㄸ | ㅃ | ㅆ | ㅉ |
|---|---|---|---|---|
| kk | tt | pp | ss | jj |

基本母音

# ㅏ / [a]

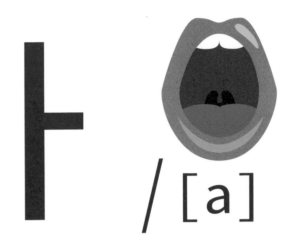

　　「ㅏ」是韓文的第一個母音，等同於中文發音的ㄚ（a）。把第一個母音想像成開心地唱歌的樣子，並且我們要催眠自己：「啊ㅏ」！好開心，踏出韓語學習的第一步了！」

## 寫字技巧

　　要寫一個完整的韓文字，必須要有**子音和母音的結合**，所以在書寫時不能只寫「ㅏ」一個母音。一定要和不發音的子音「ㅇ」搭配後，寫成「아」才會是完整的一個字喔！另外，韓文的母音有**水平母音**和**垂直母音**，所謂的水平母音指橫的母音，例如：ㅗ、ㅛ、ㅜ、ㅠ、ㅡ……，這些母音要放在子音的下面，變成「오、요、우、유、으」等；所謂的垂直母音是指直的母音，例如：ㅏ、ㅑ、ㅓ、ㅕ、ㅣ……，這些母音要放在子音的右邊，變成「아、야、어、여、이」等。

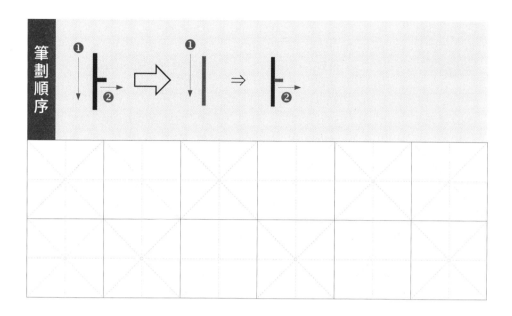

## 手寫練習

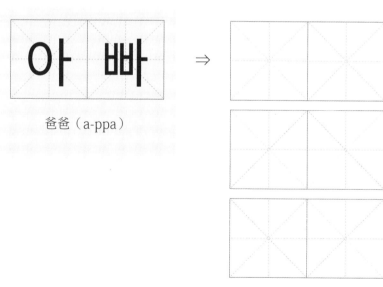

爸爸（a-ppa）

小孩
a-gi
아기

大叔
a-jeo-ssi
아저씨

公寓
a-pa-teu
아파트

早上
a-chim
아침

冰淇淋
a-i-seu-keu-rim
아이스크림

痛
a-peu-da
아프다

妻子
a-nae
아내

非洲
a-peu-ri-ka
아프리카

▶ 妻子

◆ 아침에 항상 아메리카노를 마셔요 .
　　a-chi-me　　hang-sang　　a-me-ri-ka-no-reul　　　ma-syeo-yo
早上總是喝美式咖啡。

◆ 아이스크림을 많이 먹으면 배탈이
　　a-i-seu-keu-ri-meul　　　ma-ni　　meo-geu-myeon　　bae-ta-ri
나요 .
　na-yo
吃太多冰淇淋會吃壞肚子。

◆ 아내의 유혹이라는 드라마 알아요?
　　a-nae-ui　　　yu-ho-gi-ra-neun　　　deu-ra-ma　　　a-ra-yo
你知道《妻子的誘惑》這一部劇嗎？

◆ 저는 아파트에 살아요 .
　jeo-neun　　a-pa-teu-e　　　sa-ra-yo
我住公寓。

▶ 早上總是喝美式咖啡

小筆記：
❶ 指「總是」。
❷ 韓國人最愛喝的就是「아이스 아메리카노 冰美式咖啡」喔！
❸ 這裡的「의」是所有格「的」的意思，一般韓國人把它念成 [ 에 ]。

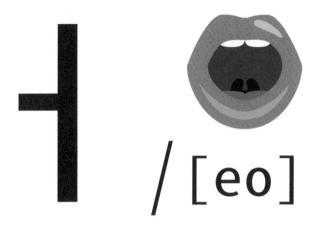

# ㅓ / [eo]

　　大致上接近中文發音的ㄛ（o）。姊姊的韓文「언니」和媽媽的韓文「엄마」的第一個母音就是「ㅓ」。很多學習者分不清楚「ㅓ」和即將要學到的「ㅗ」與「ㅜ」這三個母音在發音上的差別，請記住，最重要的是發音的時候的嘴形，「ㅓ」的**嘴形最大**，所以聲音聽起來和母音「ㅗ」與「ㅜ」相比最為宏亮。

## 寫字技巧

　　「ㅓ」是垂直母音，若要和子音結合，必須要放在子音的右邊。

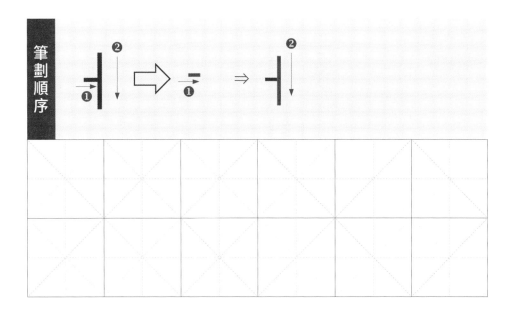

手寫練習

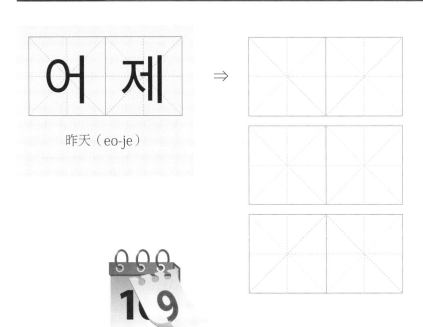

昨天（eo-je）

魷魚
o-jing-eo
오징어

韓文
han-gu-geo
한국어

母親
eo-meo-ni
어머니

鯊魚
sang-eo
상어

語言
eo-neo
언어

美人魚
i-neo-gong-ju
인어공주

怎麼辦
eo-tteo-kae
어떡해

冷氣
e-eo-keon
에어컨

▶ 美人魚

◆ 요즘 한국어를 배우는데 너무
　　yo-jeum　han-gu-geo-reul　　bae-u-neun-de　　neo-mu

재미있어요 .
　　jae-mi-i-sseo-yo

最近在學韓文，很有趣。


◆ 어머 ! 어떡해 ! 깜빡했다 !
　　eo-meo　　　eo-tteo-kae　　kkam-ppa-kaet-da

哎呀！怎麼辦！我忘了！


◆ 에어컨 좀 켜 주세요 .
　　e-eo-keon　　jom　kyeo　　ju-se-yo

請幫我開冷氣。


◆ 어제 어디에 갔어요 ?
　　eo-je　　eo-di-e　　　ga-sseo-yo

昨天去了哪裡呀？

▲ 哎呀！怎麼辦！我忘了！

---

小筆記：
❶ 原形為「배우다 學習」。
❷ 套用**激音化**的發音規則，正確的發音為 [ 어떠캐 ]。

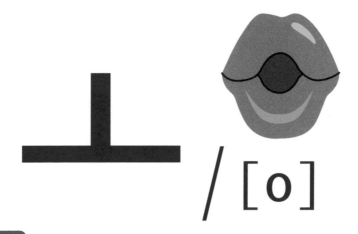

ㅗ / [o]

　　大致上接近中文發音的又（ou），但是不能像中文的
又（ou）一樣把音拉長，韓文的「ㅗ」是單純的一個音節。
哥哥的韓文「오빠」的第一個母音就是「ㅗ」，
和上一個的母音「ㅓ」相比，「ㅗ」的嘴巴
會比較圓。

## 寫字技巧

　　「ㅗ」為水平母音，若要和子音結合，必須要放在子音的下面。另外，
母音要寫得比子音長。

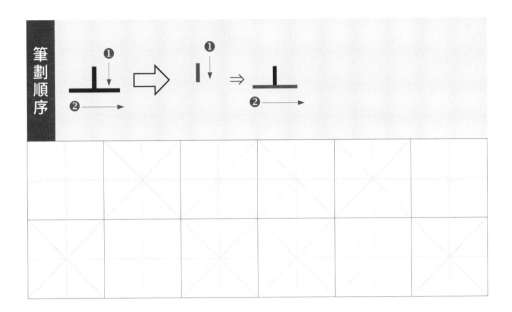

手寫練習

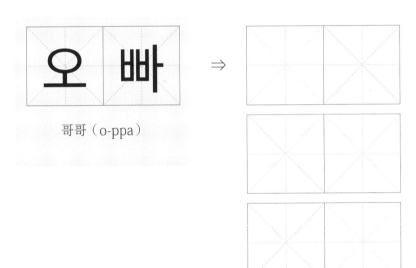

哥哥（o-ppa）

今天
o-neul
오늘

鴨子
o-ri
오리

柳橙
o-ren-ji
오렌지

誤會
o-hae
오해

上午
o-jeon
오전

收音機
ra-di-o
라디오

奧地利
o-seu-teu-ri-a
오스트리아

許久
o-raen-man
오랜만

▶ 收音機

◆ 오전에 비가 많이 왔어요 .
　　o-jeo-ne　　bi-ga　　ma-ni　　wa-sseo-yo
上午的時候下過大雨。

◆ 오늘 점심에 뭐 먹을까 ?
　　o-neul　　jeom-si-me　　mwo　meo-geul-kka
今天午餐要吃什麼呢？

◆ 오랜만이에요 .
　　　　o-raen-ma-ni-e-yo
好久不見。

◆ 우리 오빠는 회사원이에요 .
　　u-ri　　o-ppa-neun　　hoe-sa-wo-ni-e-yo
我哥哥是上班族。

▶上午的時候下過大雨

---

小筆記：
❶ 指「很多」、「非常」。
❷ 「점심」可以指「中午」，也可以指「午餐」。
❸ 「우리」指「我們」。韓國人習慣用「우리 我們」來描述我與對方的關係，所以這
　 裡的「我們」指的是「我的哥哥」喔！

# ㅜ

## / [u]

等同於中文發音的ㄨ（u）。和前面的「ㅗ」相比，「ㅜ」的嘴巴要更小一點，所以「ㅓ」、「ㅗ」、「ㅜ」三個母音當中，「ㅜ」的嘴巴張開的幅度是最小的，因此聲音聽起來有被悶住的感覺。

## 寫字技巧

「ㅜ」為水平母音，若要和子音結合，必須要放在子音的下面。另外，母音要寫得比子音長。

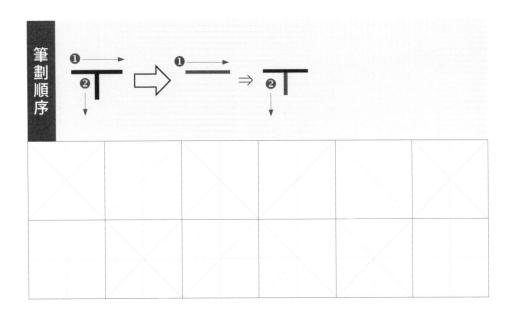

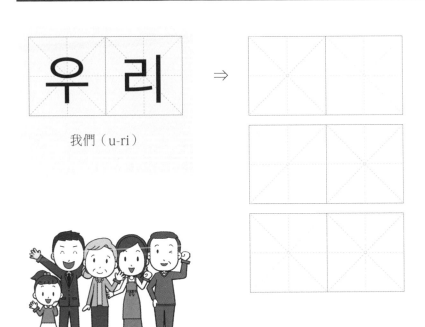

우 리 ⇒

我們（u-ri）

郵局
u-che-guk
우체국

牛蒡
u-eong
우엉

郵票
u-pyo
우표

烏龍麵
u-dong
우동

雨衣
u-bi
우비

學習
bae-u-da
배우다

帛琉
pal-la-u
팔라우

雨傘
u-san
우산

▶ 郵票

South Korea

◆ **우리 어디 갈까 ?**
u-ri    eo-di    gal-kka
我們要去哪裡呢？

◆ **김밥에 우엉이 들어 있어요 .**
gim-ba-be    u-eong-i    deu-reo    i-sseo-yo
紫菜包飯裡有牛蒡。

◆ **이 근처에 우체국❶ 있어요 ?**
i    geun-cheo-e    u-che-guk    i-sseo-yo
這附近有郵局嗎？

◆ **밖에 비 오니까 우산 가져가 .**
ba-kke    bi    o-ni-kka    u-san    ga-jyeo-ga
外面在下雨，請記得帶雨傘。

▶ 這附近有郵局嗎？

---

小筆記：
❶ 「이 근처에 ＿＿＿＿ 있어요？這附近有 ＿＿＿＿ 嗎？」是很實用的句型喔！可以把
任何一個場所帶進來使用。

**一 / [eu]**

發音技巧

此母音是中文裡沒有的發音，較接近中文發音的ㄜ（e）。首先，牙齒輕輕地咬住後舌頭躺平，這時候的舌頭不需用力，要放輕鬆喔！接著在喉嚨發出聲音即可。很多學習者把它當作為ㄗ（z）的發音，這是錯誤的！它並不是ㄗ（z），但是有比較接近ㄗ（z）的後半音。這個發音的重點是，一定要記得舌頭不要動，也不要出力喔！

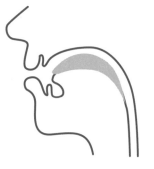

▲ 舌頭的位置

**寫字技巧**

「一」為水平母音，若要和子音結合，必須要放在子音的下面。

❶ →

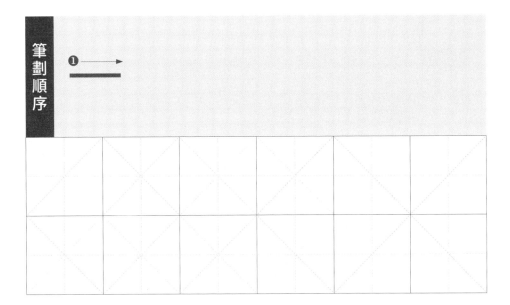

手寫練習

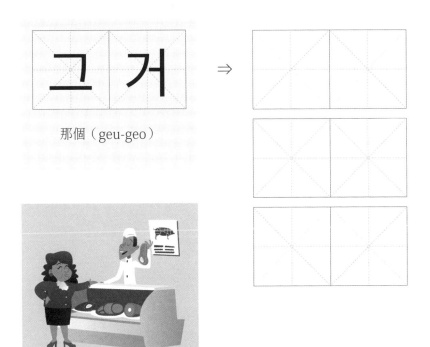

那個（geu-geo）

⇒

圖畫
geu-rim
그림

麥克風
ma-i-keu
마이크

痛
a-peu-da
아프다

就……、只是
geu-nyang
그냥

新聞
nyu-seu
뉴스

慢
neu-ri-da
느리다

聖誕節
keu-ri-seu-ma-seu
크리스마스

希臘
geu-ri-seu
그리스

短句
練習

**❶ 그냥 그래요.**

geu-nyang　geu-rae-yo

還好。

**◆ 그게 뭐예요?**

geu-ge　mwo-ye-yo

那是什麼？

**◆ 재미있는 한국 드라마 있어요?**

jae-mi-in-neun　han-guk　deu-ra-ma　i-sseo-yo

有沒有好看的韓劇？

**크리스마스는 한국의❷ 공휴일이에요.**

keu-ri-seu-ma-seu-neun　han-gu-gui　gong-hyu-i-ri-e-yo

聖誕節是韓國的國定假日。

小筆記：

❶ 「그냥」指「就」。「그냥 그래요」是指「還好」，**不好也不壞**的意思，可以用在任何一個情況。

❷ 「의」在這裡是當**所有格**「的」的意思，一般韓國人會把所有格發音為 [ 에 ]。

# ㅣ /[i]

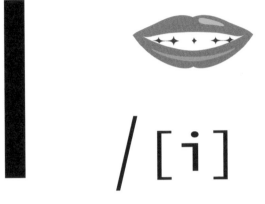

　　等同於中文發音的ー（i）。這個母音和阿拉伯數字的「1」長得一模一樣，有趣的是，它和數字「1」的發音也一樣喔！

## 寫字技巧

　　「ㅣ」是垂直母音，若要和子音結合，必須要放在子音的右邊。

❶

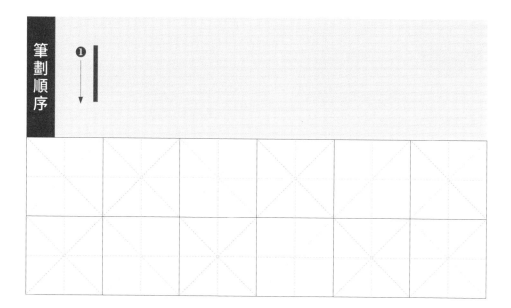

手寫練習

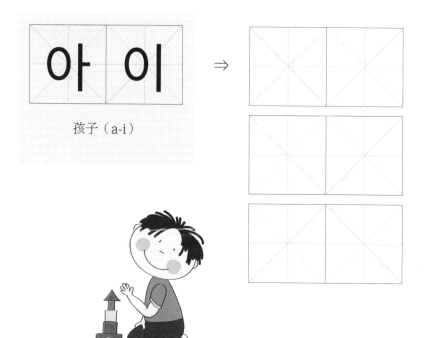

아 이

孩子（a-i）

⇒

記者
gi-ja
**기자**

如今
i-je
**이제**

腿
da-ri
**다리**

年齡
na-i
**나이**

理由
i-yu
**이유**

偶像
a-i-dol
**아이돌**

蝴蝶
na-bi
**나비**

聲音
so-ri
**소리**

▶ 偶像

◆ **좋아하는 아이돌이 누구예요 ?**
jo-a-ha-neun　　　 a-i-do-ri　　　 nu-gu-ye-yo
喜歡的偶像是誰？

◆ **한국어를 배우는 이유가 뭐예요 ?**
han-gu-geo-reul　 bae-u-neun　　 i-yu-ga　　　 mwo-ye-yo
學韓文的理由是什麼？

◆ **나이가 어떻게 되세요 ?** ❶
na-i-ga　　 eo-tteo-ke　　 doe-se-yo
請問您幾歲？

◆ ❷**이제 슬슬 집에 갑시다 .**
i-je　　 seul-seul　　 ji-be　　　 gap-si-da
差不多準備回家吧。

▲ 學韓文的理由是什麼？

小筆記：
❶ 韓國人在第一次見面時都會**問年齡**，因為韓文有敬語和半語，要知道對方比我大還
　 是小，才會知道說話時到底要使用敬語還是半語。
❷ 指「如今」、「此刻」、「往後」。

# ◆ 생일 축하 노래　生日快樂歌

## 생일 축하합니다 .
saeng-il　　chu-ka-ham-ni-da
祝您生日快樂。

## 생일 축하합니다 .
saeng-il　　chu-ka-ham-ni-da
祝您生日快樂。

## 사랑하는 우리 아빠 ❶ , 생일 축하합니다 .
sa-rang-ha-neun　　wu-ri　　a-ppa　　saeng-il　　chu-ka-ham-ni-da
親愛的爸爸，祝您生日快樂。

小筆記：
❶ 「爸爸」可以換成其他人喔！

複合母音

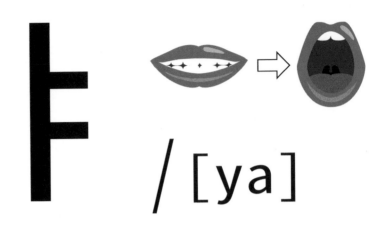

# ㅑ / [ya]

　　「ㅑ」是「ㅣ」加上「ㅏ」而成的複合母音，接近中文發音的ㄧㄚ（ia）。短暫地發出「ㅣ」後，緊接著發「ㅏ」的音即可。

　　「ㅑ」是垂直母音，若要和子音結合，必須要放在子音的右邊。

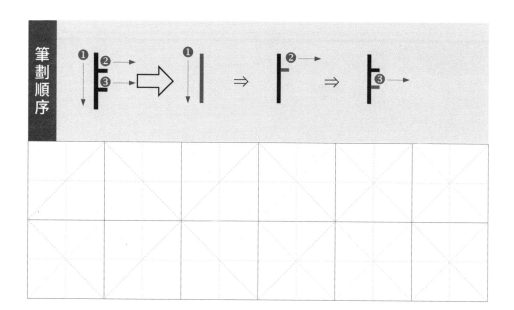

## 手寫練習

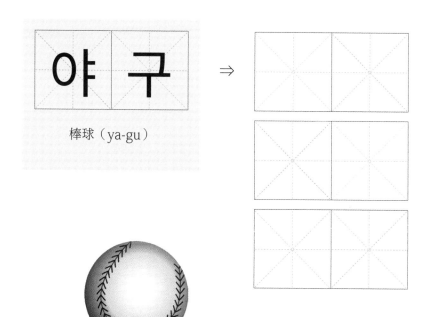

棒球（ya-gu）

椰子樹
ya-ja-su
**야자수**

木瓜
pa-pa-ya
**파파야**

蔬菜
ya-chae
**야채**

加班
ya-geun
**야근**

貓
go-yang-i
**고양이**

故事
i-ya-gi
**이야기**

約會
yak-sok
**약속**

宵夜
ya-sik
**야식**

▶ 木瓜

◆ 대만에서 파파야⓵ 우유를 꼭 마셔
　　dae-ma-ne-seo　　pa-pa-ya　　u-yu-reul　kkok　ma-syeo

봐야 돼요 .
bwa-ya　dwae-yo
在臺灣，一定要喝喝看木瓜牛奶。

◆ 족발⓶은 한국에서 인기 있는
　jok-ba-reun　han-gu-ge-seo　　in-gi　　in-neun

야식이에요 .
　ya-si-gi-e-yo
豬腳是在韓國有人氣的宵夜。

◆ 재미있는 이야기해 주세요 .
　jae-mi-in-neun　　i-ya-gi-hae　　　ju-se-yo
請說一些有趣的故事給我聽。

◆ 매일 야근해서 피곤해요⓷ .
　mae-il　ya-geun-hae-seo　　pi-gon-hae-yo
因為每天加班，很疲勞。

小筆記 :
⓵ 韓國沒有木瓜，所以木瓜是韓國人來臺灣必吃的水果之一。
⓶ 指「豬腳」。
⓷ 指「疲勞」、「疲倦」。

▲ 請說一些有趣的故事給我聽

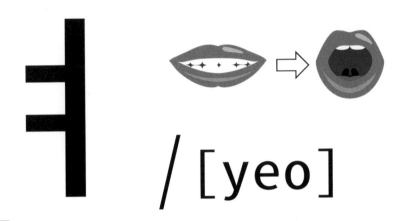

# ㅕ / [yeo]

## 發音技巧

　　「ㅕ」是「ㅣ」加上「ㅓ」而成的複合母音，接近中文發音的ㄧㄛ（io）。短暫地發出「ㅣ」後，緊接著發「ㅓ」的音即可。

## 寫字技巧

　　「ㅕ」是垂直母音，若要和子音結合，必須要放在子音的右邊。

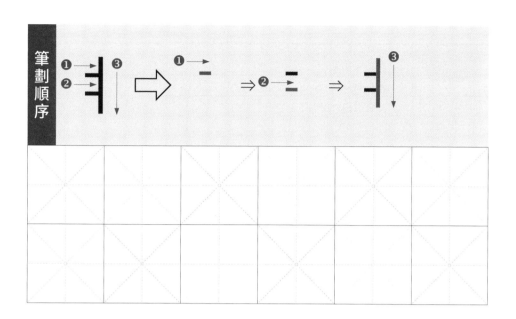

手寫練習

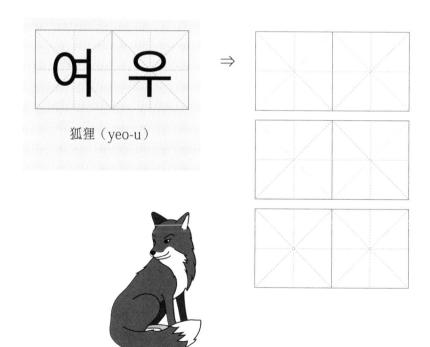

⇒

狐狸（yeo-u）

老公、老婆
yeo-bo
**여보**

這裡
yeo-gi
**여기**

夏天
yeo-reum
**여름**

六（數字）
yeo-seot
**여섯**

冬天
gyeo-ul
**겨울**

舌頭
hyeo
**혀**

汝矣島（地名）
yeo-ui-do
**여의도**

喝
ma-syeo-yo
**마셔요**

▶ 夏天

◆ 여보세요 ? ❶

    yeo-bo-se-yo

喂？

◆ 여보 , 오늘 몇 시에 퇴근해요 ? ❷

    yeo-bo    o-neul   myeot   si-e    toe-geun-hae-yo

老公，今天幾點下班呀？

◆ 지금 뭐 마셔요 ?

    ji-geum   mwo   ma-syeo-yo

你現在在喝什麼？

◆ 여러분 , 여기 좀 보세요 .

    yeo-reo-bun    yeo-gi   jom    bo-se-yo

各位，請看這邊喔。

▶ 你現在在喝什麼？

小筆記：

❶ 是接電話時的第一句：「喂？」

❷ 彼此稱呼為老公或老婆時使用。

# ㅛ 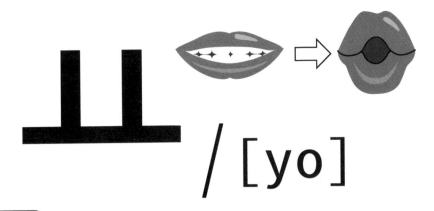 / [yo]

「ㅛ」是「ㅣ」加上「ㅗ」而成的複合母音,接近中文發音的ㄧㄡ（iou）。短暫地發出「ㅣ」後,緊接著發「ㅗ」的音即可。我們會常常聽到韓國人說「맛있어요.[ma-si-sseo-yo] 好吃。」「사랑해요.[sa-rang-hae-yo] 我愛你。」在這裡最後結尾的「唷」的音就是「ㅛ」這一個母音!

## 寫字技巧

「ㅛ」是水平母音,若要和子音結合,必須要放在子音的下面。

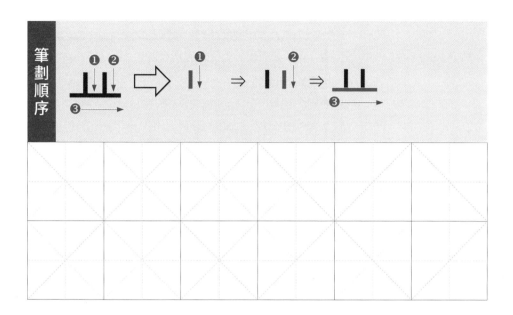

## 手寫練習

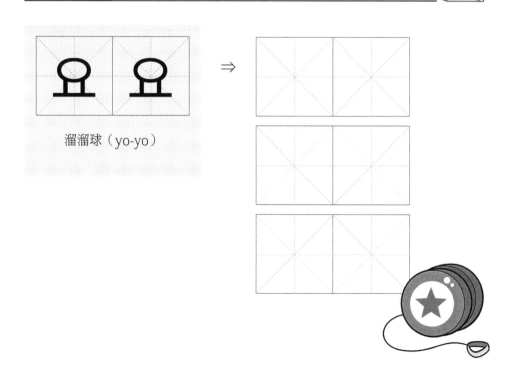

溜溜球（yo-yo）

| 教授<br>gyo-su<br>교수 | 料理<br>yo-ri<br>요리 |
|---|---|
| 瑜珈<br>yo-ga<br>요가 | 最近<br>yo-jeum<br>요즘 |
| 優格<br>yo-geo-teu<br>요거트 | 材料<br>jae-ryo<br>재료 |
| 免費<br>mu-ryo<br>무료 | 購物<br>syo-ping<br>쇼핑 |

▶ 瑜伽

◆ **명동은 쇼핑하기① 좋은 곳이에요 .**
myeong-dong-eun　syo-ping-ha-gi　jo-eun　go-si-e-yo
明洞是適合逛街的地方。

◆ **요즘 잘 지내요②?**
yo-jeum　jal　ji-nae-yo
最近過得好嗎?

◆ **한국 요리 배우고 싶어요③ .**
han-guk　yo-ri　bae-u-go　si-peo-yo
想要學韓國料理。

◆ **입장료가 무료예요 .**
ip-jang-nyo-ga　mu-ryo-ye-yo
入場費是免費。

▲ 想要學韓國料理

小筆記：
❶ 文法「V-기 좋다」為「適合……」的意思。
❷ 因為是疑問句,語調要往上喔!如果把語調往下,意思為「最近過得好」。
❸ 文法「V-고 싶어요」為「想要」的意思,前面接原形動詞。

# ㅠ
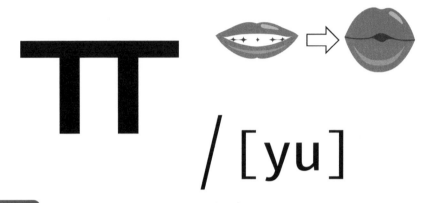

/ [yu]

「ㅠ」是「ㅣ」加上「ㅜ」而成的複合母音，接近中文發音的ㄧㄨ（iu）。短暫地發出「ㅣ」後，緊接著發「ㅜ」的音即可。因為這個母音長得像哭臉，所以韓國人要表達哭臉的時候會打兩個「ㅠㅠ」，也有些人使用「ㅜㅜ」來表達。

## 寫字技巧

「ㅠ」是水平母音，若要和子音結合，必須要放在子音的下面。

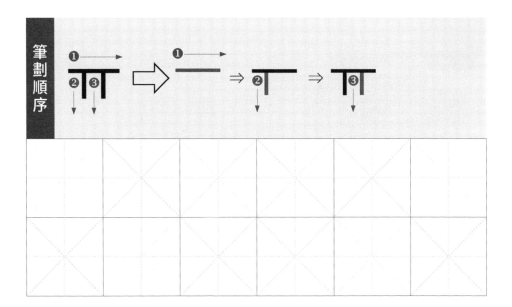

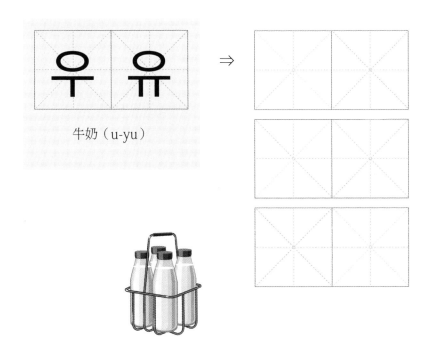

牛奶（u-yu）

玻璃
yu-ri
유리

衛生紙
hyu-ji
휴지

油菜花
yu-chae-kkot
유채꽃

糖醋肉
tang-su-yuk
탕수육

柚子茶
yu-ja-cha
유자차

收費
yu-ryo
유료

服飾
ui-ryu
의류

遊覽船
yu-ram-seon
유람선

▶ 服飾

◆ **제주도는 유채꽃이 유명해요 .**
je-ju-do-neun　　yu-chae-kko-chi　yu-myeong-hae-yo
濟州島以油菜花聞名。

◆ **저기요❶! 휴지 좀 주세요 .**
jeo-gi-yo　　　　hyu-ji　jom　　ju-se-yo
不好意思，請給我一點衛生紙。

◆ **이 게임은 유료예요 .**
i　　ge-i-meun　　　yu-ryo-ye-yo
這遊戲是要付費的。

◆ **중국집❷에서 탕수육을 꼭 시켜야**
jung-guk-ji-be-seo　　tang-su-yu-geul　kkok　si-kyeo-ya

**돼요 .**
dwae-yo
在中華料理店，一定要點糖醋肉。

▲ 中華料理店

---

小筆記：
❶ 稱呼**不認識的人**或**店員**時使用。
❷ 指「中華料理店」。在韓國不妨可以嚐嚐中華料理，和中式又有不同的風味。

# ㅐ 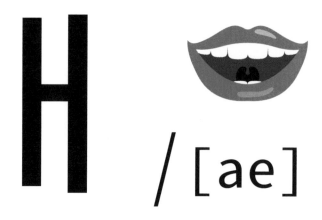 / [ae]

　　「ㅐ」是「ㅏ」加上「ㅣ」而成的複合母音，但是在發音上，並不是發「ㅏ」後接著發「ㅣ」的音喔！此母音大致上接近中文發音的ㄟ（ei），只是不像ㄟ（ei）一樣音會拉長，只要發前音即可。在中世紀的韓文發音裡，這一個母音如同字面上的結合會發出「ㅏ」→「ㅣ」順序的音，到了現代後幾乎所有人都發ㄟ（ei）的音了。

　　「ㅐ」是垂直母音，若要和子音結合，必須要放在子音的右邊。

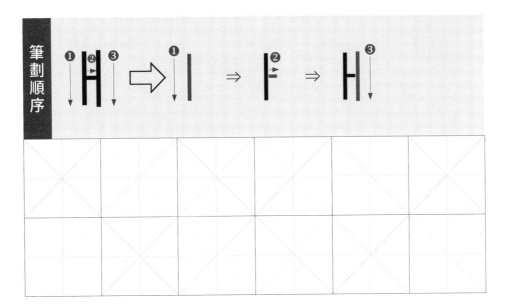

手寫練習

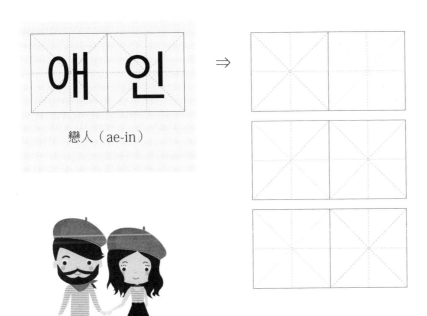

戀人（ae-in）

每天
mae-il
**매일**

螞蟻
gae-mi
**개미**

迎春花
gae-na-ri
**개나리**

水梨
bae
**배**

孩子們
ae-deul
**애들**

青蛙
gae-gu-ri
**개구리**

梅花
mae-hwa
**매화**

歌曲
no-rae
**노래**

▶ 螞蟻

◆ **한국어는** 매일 **복습해야** 실력이
han-gu-geo-neun　　mae-il　bok-seu-pae-ya　　sil-lyeo-gi

늘어요 .
neu-reo-yo

韓文要每天複習才會進步。

◆ 노래를 들으**❶**면서 공부해요 .
no-rae-reul　deu-reu-myeon-seo　gong-bu-hae-yo

我邊聽音樂邊讀書。

◆ 개나리**❷**는 봄에 피는 노란색
gae-na-ri-neun　　bo-me　pi-neun　　no-ran-saek

꽃이에요 .
kko-chi-e-yo

迎春花是春天開的黃色的花。

◆ 배**❸** 안 고파요 ?
bae　an　　go-pa-yo

肚子不餓嗎？

▲ 我邊聽音樂邊讀書

小筆記：
❶ 文法「-( 으 ) 면서」為「「邊…… 邊…… 」的意思。
❷ 迎春花是**四月左右開的花**，花瓣很小，春天的時候在韓國到處都會看到喔！
❸ 「배」不僅只有「水梨」的意思，也可以指「**肚子**」。

# ㅔ 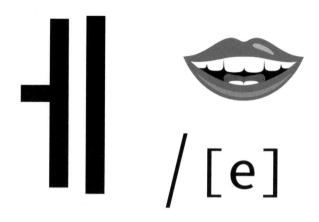 /[e]

「ㅔ」是「ㅓ」加上「ㅣ」而成的複合母音，此母音和「ㅐ」一樣，接近中文發音的ㄟ（ei）。兩個母音的發音幾乎相同，韓國人也很難區分出這兩個母音之間的差別，所以一般要透過背單字的方式，才會知道到底母音是「ㅐ」還是「ㅔ」。若一定要說出兩個母音之間的差別，「ㅐ」的舌頭位置比較低，在嘴形上會比「ㅔ」開一些；「ㅔ」的嘴形會比「ㅐ」小一點。

## 寫字技巧

「ㅔ」是垂直母音，若要和子音結合，必須要放在子音的右邊。

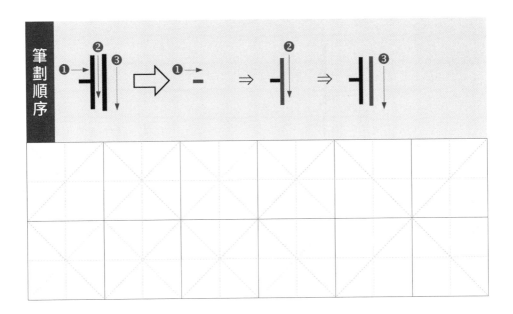

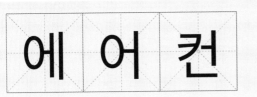

에 어 컨　　　冷氣（e-eo-keon）

⇓

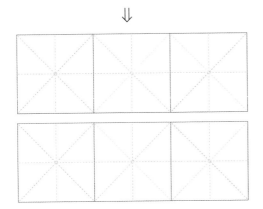

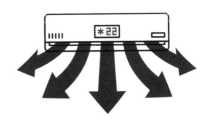

## 單字練習

| | |
|---|---|
| 相機<br>ka-me-ra<br>**카메라** | 能量<br>e-neo-ji<br>**에너지** |
| 鞦韆<br>geu-ne<br>**그네** | 洗臉<br>se-su<br>**세수** |
| 世界<br>se-gye<br>**세계** | 昨天<br>eo-je<br>**어제** |
| 花蟹<br>kkot-ge<br>**꽃게** | 電視<br>tel-le-bi-jeon<br>**텔레비전** |

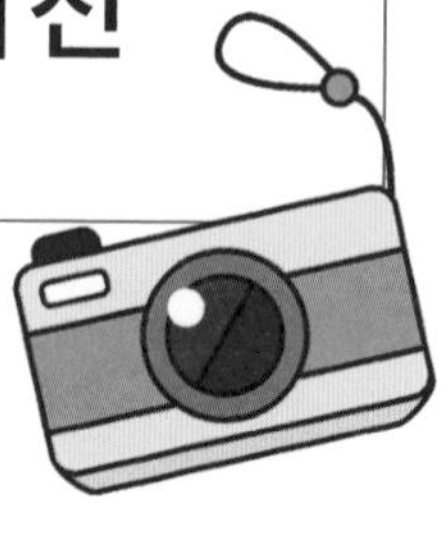

▶ 相機

◆ **제 꿈은 세계 일주예요 .** ❶

    je    kku-meun   se-gye       il-ju-ye-yo

我的願望是環遊世界。

◆ **어제 카메라를 샀어요 .**

    eo-je    ka-me-ra-reul    sa-sseo-yo

昨天買了相機。

◆ **텔레비전 볼 때가 제일 행복해요 .** ❷

    tel-le-bi-jeon    bol   ttae-ga   je-il    haeng-bo-kae-yo

看電視的時候最幸福。

◆ **에어컨 좀 꺼 주세요 .**

    e-eo-keon   jom   kkeo   ju-se-yo

請幫我關冷氣。

▲ 我的願望是環遊世界

小筆記：

❶ 「세계 일주」是漢字的「世界一周」翻過來的單字，指「環遊世界」。

❷ 在口語裡，大多數人使用縮寫後的單字「티비 (TV)」喔！

# ㅐ

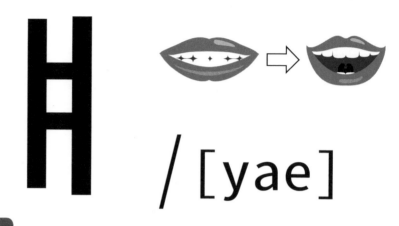

/ [yae]

## 發音技巧

母音「ㅐ」本身是「ㅑ」+「ㅣ」組合而成的母音，但是在發音上卻是「ㅣ」加上「ㅐ」的發音，先短暫地發出「ㅣ」後，緊接著發「ㅐ」的音即可。

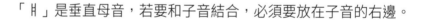

## 寫字技巧

「ㅐ」是垂直母音，若要和子音結合，必須要放在子音的右邊。

## 單字練習

與「ㅐ」相關的單字很少，基本上用到的只有「얘기 故事」、「얘 這個人」、「걔 距離對方近的那個人（通俗的說法）」、「쟤 距離對方遠的那個人（通俗的說法）」、「아이섀도 眼影」這幾個單字而已。

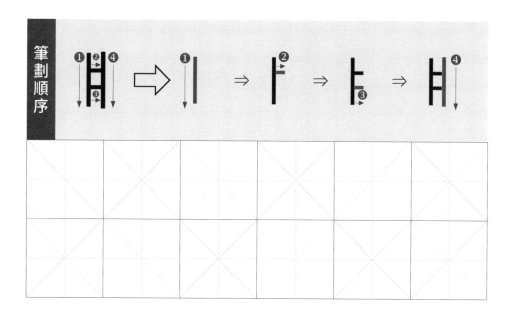

手寫練習

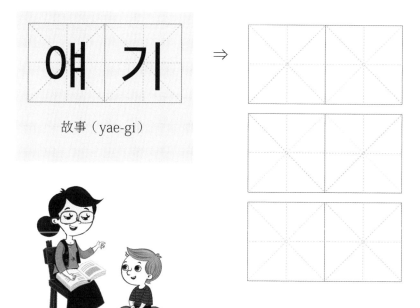

故事（yae-gi）

# ㅖ / [ye]

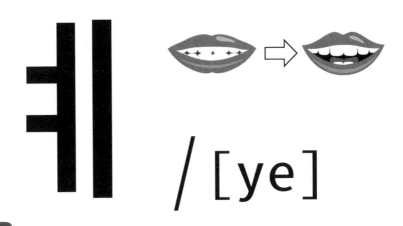

發音技巧

母音「ㅖ」本身是「ㅕ」+「ㅣ」組合成的母音,但是在發音上卻是「ㅣ」加上「ㅔ」的發音,先短暫地發出「ㅣ」後,緊接著發「ㅔ」的音即可。當母音「ㅖ」與子音「ㄱ」、「ㅍ」、「ㅎ」結合的時候,為了發音的方便,通常會發「ㅔ」的音,例如:

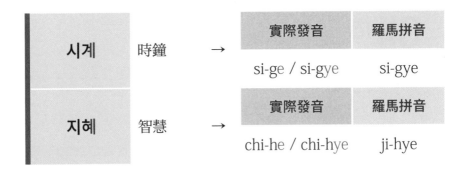

| 시계 | 時鐘 | → | 實際發音 | 羅馬拼音 |
|------|------|---|---------|---------|
| | | | si-ge / si-gye | si-gye |

| 지혜 | 智慧 | → | 實際發音 | 羅馬拼音 |
|------|------|---|---------|---------|
| | | | chi-he / chi-hye | ji-hye |

寫字技巧

「ㅖ」是垂直母音,若要和子音結合,必須要放在子音的右邊。

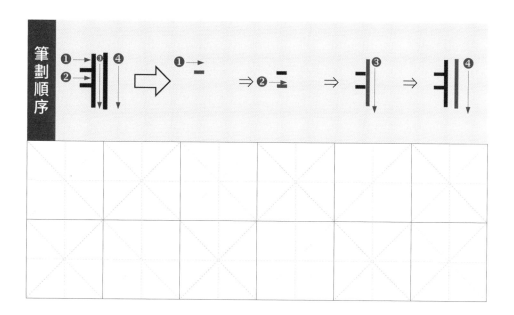

手寫練習

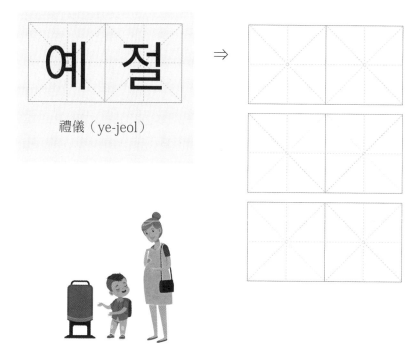

예 절

禮儀（ye-jeol）

⇒

雞蛋
gye-ran
**계란**

繼續
gye-sok
**계속**

時鐘
si-gye
**시계**

紙鈔
ji-pye
**지폐**

肺癌
pye-am
**폐암**

樓梯
gye-dan
**계단**

季節
gye-jeol
**계절**

智慧
ji-hye
**지혜**

▶ 樓梯

◆ 계절 중에서 눈이 오는 겨울을
gye-jeol   jung-e-seo   nu-ni   o-neun   gyeo-u-reul

좋아해요 .
jo-a-hae-yo

在季節當中，最喜歡下雪的冬天。


◆ 한국에서는 식사 예절이 중요해요 .
han-gu-ge-seo-neun   sik-sa   ye-jeo-ri   jung-yo-hae-yo

在韓國，用餐禮儀很重要。


◆ 계단을 자주 오르면 건강에
gye-da-neul   ja-ju   o-reu-myeon   geon-gang-e

좋습니다 .
jo-seum-ni-da

常常爬樓梯對身體好。


◆ 한국어를 계속 배울 거예요 .
han-gu-geo-reul   gye-sok   bae-ul   geo-ye-yo

我要繼續學韓文。

▶ 常常爬樓梯對身體好

# 과 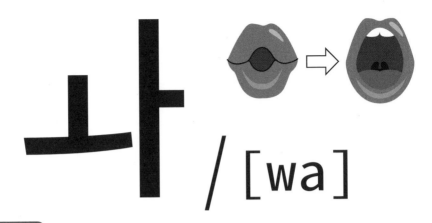 / [wa]

　　「과」是「ㅗ」加上「ㅏ」而成的複合母音，大致上等同於中文發音的ㄨㄚ（wua）。短暫地發出「ㅗ」後，緊接著發「ㅏ」的音即可。

　　「과」裡面有水平母音，也有垂直母音。若要和子音結合，先寫子音，再寫水平母音後，最後寫垂直母音即可。

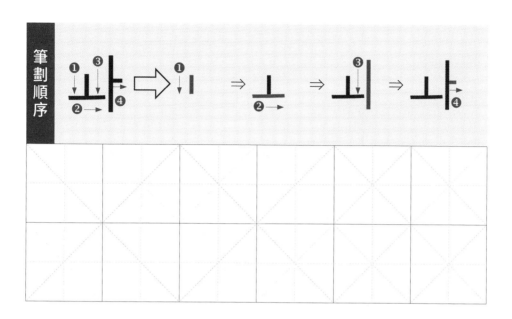

手寫練習

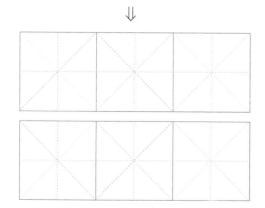

星期二（hwa-yo-il）

⇓

| | |
|---|---|
| 襯衫<br>wa-i-syeo-cheu<br>**와이셔츠** | 蘋果<br>sa-gwa<br>**사과** |
| 餅乾<br>gwa-ja<br>**과자** | 果園<br>gwa-su-won<br>**과수원** |
| 畫家<br>hwa-ga<br>**화가** | 花牌<br>hwa-tu<br>**화투** |
| 麻花捲<br>kkwa-bae-gi<br>**꽈배기** | 化妝室<br>hwa-jang-sil<br>**화장실** |

▶ 畫家

◆ 사과 **같은 내 얼굴**[1], **예쁘기도 하지요**.
　sa-gwa　ga-teun　nae　eol-gul　　ye-ppeu-gi-do　　ha-ji-yo
我的臉蛋像蘋果一樣，實在是漂亮！

◆ **화투**[2]는 어디에서 살 수 있어요?
　hwa-tu-neun　　eo-di-e-seo　　sal　su　i-sseo-yo
在哪裡買得到花牌呢？

◆ 맛있는 꽈배기가 먹고 싶어요.
　ma-sin-neun　kkwa-bae-gi-ga　meok-go　si-peo-yo
我想吃好吃的麻花捲。

◆ 요즘 과자를 먹어[3]서 살 쪘어요.
　yo-jeum　gwa-ja-reul　meo-geo-seo　sal　jjyeo-sseo-yo
最近因為吃了餅乾變胖了。

小筆記：
❶ 這是一首非常有名的**韓國童歌**，歌名為「사과 같은 내 얼굴 我的臉蛋像蘋果一樣」，
　韓國人相信吃蘋果會變漂亮。在韓國，蘋果最有名的地區為「대구 大邱」，所以人
　人都說大邱有很多美女！
❷ 花牌共有 48 張的小卡，象徵 12 個月。
❸ 這裡使用的文法為「- 아 / 어서」，指「因為」。

# ㅝ 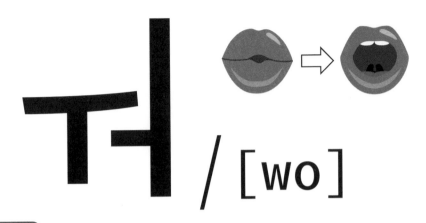 / [wo]

　　「ㅝ」是「ㅜ」加上「ㅓ」而成的複合母音，大致上等同於中文發音的ㄨㄛ（wo）。短暫地發出「ㅜ」後，緊接著發「ㅓ」的音即可。

寫字技巧

　　「ㅝ」裡面有水平母音，也有垂直母音。若要和子音結合，先寫子音，再寫水平母音後，最後寫垂直母音即可。

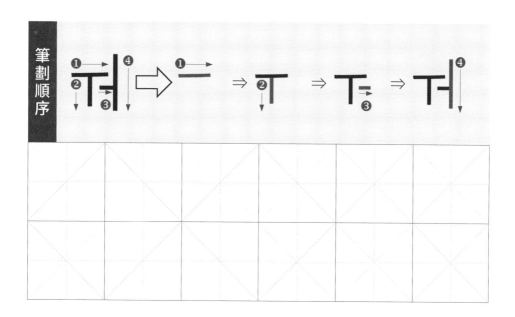

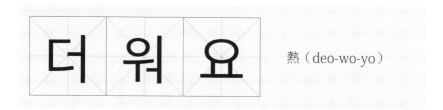

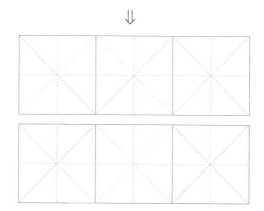

熱（deo-wo-yo）

⇓

冷
chu-wo-yo
추워요

可愛
gwi-yeo-wo-yo
귀여워요

非常
wo-nak
워낙

給
jwo-yo
줘요

什麼
mwo
뭐

辣
mae-wo-yo
매워요

簡單
swi-wo-yo
쉬워요

難
eo-ryeo-wo-yo
어려워요

▶ 辣

## 한국어가 재미있고❶ 쉬워요 .
han-gu-geo-ga　　jae-mi-it-go　　swi-wo-yo
韓文又有趣又簡單。

◆ 이게 뭐예요 ?
i-ge　　mwo-ye-yo
這是什麼？

◆ 청양고추❷가 그렇게 매워요 ?
cheong-yang-go-chu-ga　geu-reo-ke　mae-wo-yo
青陽辣椒有那麼辣嗎？

방금 뭐라고 했어요 ?
bang-geum　mwo-ra-go　hae-sseo-yo
你剛剛說了什麼？

▲ 你剛剛說了什麼？

小筆記：
❶ 「- 고」指「又……又……」、「並且」的意思。
❷ 青陽辣椒是**韓國最辣**的辣椒。

# ㅙ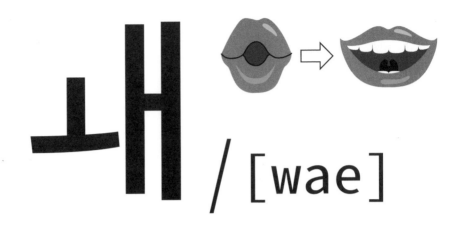
## / [wae]

「ㅙ」是「ㅗ」加上「ㅐ」而成的複合母音，大致上等同於中文發音的ㄨㄟ（wei）。短暫地發出「ㅗ」後，緊接著發「ㅐ」的音即可。

寫字技巧

「ㅙ」裡面有水平母音，也有垂直母音。若要和子音結合，先寫子音，再寫水平母音後，最後寫垂直母音即可。

078

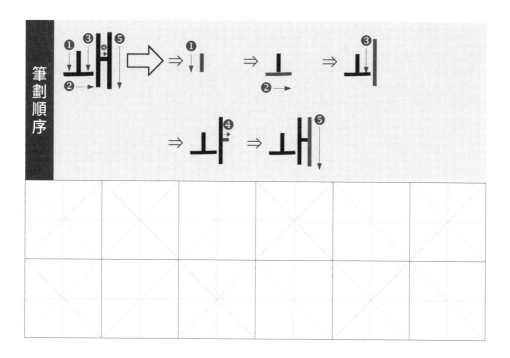

## 手寫練習

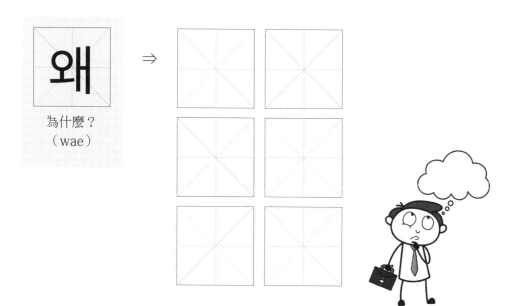

왜
為什麼？
（wae）

⇒

| | |
|---|---|
| 豬<br>dwae-ji<br>**돼지** | 相當<br>kkwae<br>**꽤** |
| 鎖骨<br>swae-gol<br>**쇄골** | 不錯<br>gwaen-chan-ta<br>**괜찮다** |
| 占卜<br>jeom-gwae<br>**점괘** | 無緣無故地<br>gwaen-hi<br>**괜히** |
| 可以<br>dwae-yo<br>**돼요** | 清爽<br>sang-kwae-ha-da<br>**상쾌하다** |

▶ 占卜

◆ **지하철에서 음식을 먹어도 돼요**[1]**?**

ji-ha-cheo-re-seo　　eum-si-geul　　meo-geo-do　dwae-yo

在捷運裡可以吃東西嗎?

◆ **내일 시간 괜찮아**[2]**?**

nae-il　　si-gan　　gwaen-cha-na

你明天有空嗎?

◆ **왜 그래?**

wae　　geu-rae

怎麼了?

◆ **저는 돼지고기를 안 먹어요.**

jeo-neun　　dwae-ji-go-gi-reul　　an　　meo-geo-yo

我不吃豬肉。

▲ 我不吃豬肉

---

小筆記:

❶ 文法「- 아 / 어도 돼요?」指「可以……嗎?」。

❷ 正確的發音為 [ 괜차나 ]。原形為「괜찮다」,指「可以」、「沒關係」、「不錯」。

# 궤 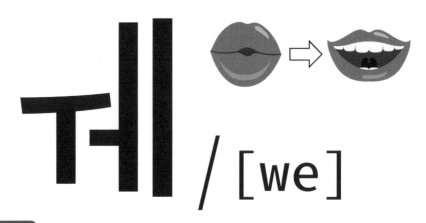 / [we]

「궤」是「ㅜ」加上「ㅔ」而成的複合母音，大致上等同於中文發音的ㄨㄟ（wei）。短暫地發出「ㅜ」後，緊接著發「ㅔ」的音即可。和上一個母音「ㅙ」的發音幾乎相同，不過，在外來語的單字裡，使用「궤」的頻率是比較高的。

寫字技巧

「궤」裡面有水平母音，也有垂直母音。若要和子音結合，先寫子音，再寫水平母音後，最後寫垂直母音即可。

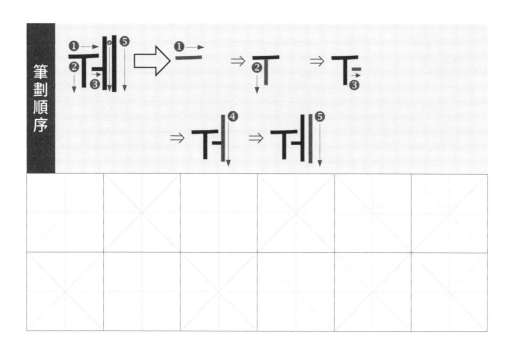

毛衣（seu-we-teo）

⇩

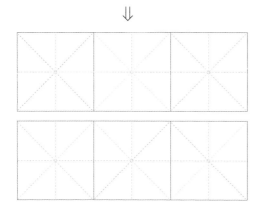

服務員
we-i-teo
**웨이터**

毀損
hwe-son
**훼손**

白紗
we-ding-deu-re-seu
**웨딩드레스**

妨礙
hwe-bang
**훼방**

縫
kkwe-mae-da
**꿰매다**

怎麼回事
wen-nil
**웬일**

軌道
gwe-do
**궤도**

波浪捲
we-i-beu
**웨이브**

▶ 軌道

◆ 제 소원은 예쁜 웨딩드레스를 입는
　 je　so-won-eun　ye-ppeun　we-ding-deu-re-seu-reul　im-neun

거예요 .
geo-ye-yo

我的夢想是穿漂亮的白紗。

◆ 따뜻한 스웨터 좀 보여❶ 주세요 .
　 tta-tteu-tan　seu-we-teo　jom　bo-yeo　ju-se-yo

請給我看溫暖的毛衣。

◇ 웬일❷이야 ?
　 wen-ni-ri-ya

怎麼了？

◆ 웨이브 있는 머리로 해 주세요❸ .
　 we-i-beu　in-neun　meo-ri-ro　hae　ju-se-yo

請幫我燙捲髮。

▶ 我的夢想是穿漂亮的白紗

小筆記：

❶ 此句的中文為「請給我看」。
❷ 收到許久未聯絡的朋友的訊息時，可以用此句來回覆喔！字面上的意思為：「什麼
　 事情？」間接地翻成：「怎麼了？」、「怎麼突然聯絡我？」
❸ 指「請幫我做」的意思。

# ㅚ
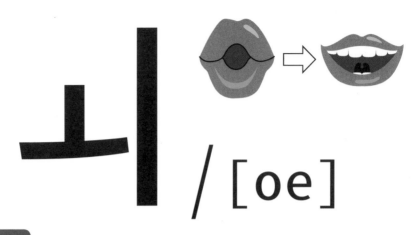

## /[oe]

　　「ㅚ」是「ㅗ」加上「ㅣ」而成的複合母音。此母音有兩種不同的發音方式，第一種方式如同字面上的結合，先短暫的發「ㅗ」，再發出「ㅣ」，這樣的話發音會變成中文裡沒有的ㄡㄧ（oui）的音，但是現代很少人會這樣發音喔！第二種方式就是現代韓國人發的音，大致上等同於中文發音的ㄨㄟ（wei）。那麼，「ㅙ」和「ㅞ」和「ㅚ」這三個母音不是很難區分嗎？沒有錯！不少韓國人在書寫的時候搞混「ㅙ」、「ㅞ」、「ㅚ」這三個母音，因為現在很少人在區分這三個母音之間微妙的差別了。

## 寫字技巧

　　「ㅚ」裡面有水平母音，也有垂直母音。若要和子音結合，先寫子音，再寫水平母音後，最後寫垂直母音即可。

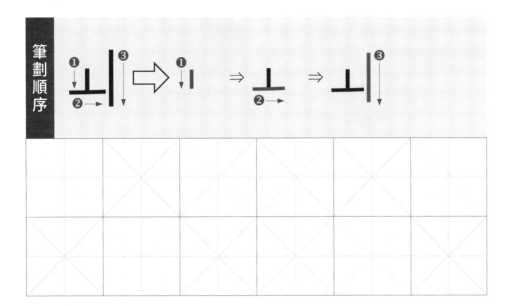

회 사 ⇒

公司
（hoe-sa）

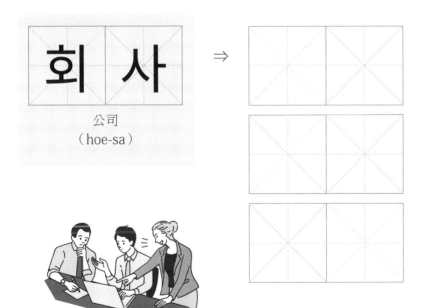

怪物
goe-mul
괴물

外國
oe-guk
외국

會議
hoe-ui
회의

牛肉
soe-go-gi
쇠고기

機會
gi-hoe
기회

大醬湯
doen-jang-jji-gae
된장찌개

外來語
oe-rae-eo
외래어

後悔
hu-hoe
후회

▶ 怪物

◆ 저는 외국 사람이에요 .
jeo-neun　oe-guk　　sa-ra-mi-e-yo
我是外國人。

◆ 저는 된장찌개하고 김치찌개를
jeo-neun　doen-jang-jji-gae-ha-go　gim-chi-jji-gae-reul
좋아해요 .
　　jo-a-hae-yo
我喜歡大醬湯和泡菜鍋。

◆ 한국에는 외래어가 많아요 .
han-gu-ge-neun　　oe-rae-eo-ga　　ma-na-yo
韓國有很多外來語。

◆ 회사원이에요 ?
hoe-sa-wo-ni-e-yo
你是上班族嗎？

▶ 我是外國人

小筆記：
❶ 「된장」指「大醬」，是韓式味噌，和日式味噌又有不同的風味。
❷ 指「和」。
❸ 套用連音化的發音規則，正確的發音為 [ 마나요 ]。
❹ 從漢字「會社員」翻過來的單字，中文為「上班族」。

# ㅟ / [wi]

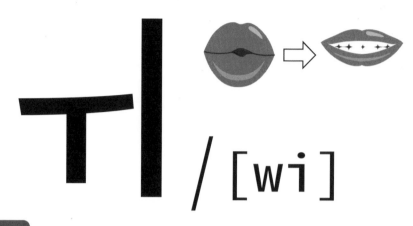

　　「ㅟ」是「ㅜ」加上「ㅣ」而成的複合母音，接近中文發音的ㄨㄧ（wui）或ㄩ（yu）。短暫地發出「ㅜ」後，緊接著發「ㅣ」的音即可，念慢會變成ㄨㄧ（wui）的音，念快會變成ㄩ（yu）的音，兩種音都是可以的。

## 寫字技巧

　　「ㅟ」裡面有水平母音，也有垂直母音。若要和子音結合，先寫子音，再寫水平母音後，最後寫垂直母音即可。

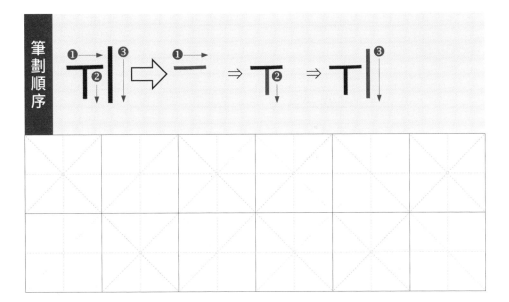

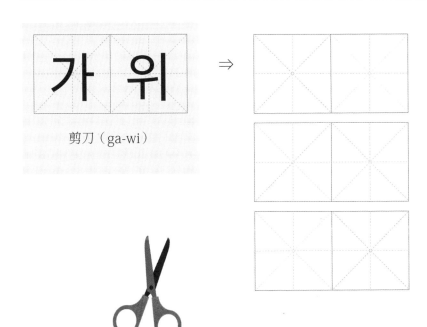

가위
剪刀（ga-wi）

⇒

炸物
twi-gim
**튀김**

口哨
hwi-pa-ram
**휘파람**

老鼠
jwi
**쥐**

鬼
gwi-sin
**귀신**

三明治
saen-deu-wi-chi
**샌드위치**

蝙蝠
bak-jwi
**박쥐**

企鵝
peng-gwin
**펭귄**

鵝
geo-wi
**거위**

▶ 企鵝

◆ 가위 , 바위 , 보 !
　　ga-wi 　　　ba-wi　　　　bo
剪刀，石頭，布！

◆ 샌드위치 먹을래요 ?
　　saen-deu-wi-chi 　　　meo-geul-lae-yo
要不要吃三明治？

◆ 튀김은 떡볶이 소스에 찍어서
　　twi-gi-meun 　　tteok-bo-kki 　　　so-seu-e 　　　jji-geo-seo

드세요 .
　　deu-se-yo
炸物請沾辣炒年糕醬後享用。

◆ 동물원에서 펭귄을 봤어요 .
　　dong-mu-rwo-ne-seo 　　　peng-gwi-neul 　　bwa-sseo-yo
在動物園看到企鵝了。

小筆記：　　　　　　　　　　　　　　　　　　　▲ 剪刀，石頭，布！
❶ 任何一種炸物都叫「튀김」。

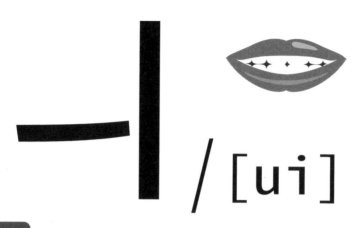

# ㅢ /[ui]

「ㅢ」是「ㅡ」加上「ㅣ」而成的複合母音，它是中文裡沒有的音，接近中文發音的ㄟ─（ei）。短暫地發出「ㅡ」後，緊接著發「ㅣ」的音即可。

這個母音有**三種不同的發音**方式：出現在**字首**的時候，要發字面上的 [의]；出現在**字首以外的地方**時，必須發 [이]；若這個母音當作**所有格**「的」來使用時，會發 [에] 的發音。例如：

| 字首 | 의사<br>[의사] | 醫生 | → | 羅馬拼音<br>ui-sa | 의자<br>[의자] | 椅子 | → | 羅馬拼音<br>ui-ja |
|---|---|---|---|---|---|---|---|---|
| 字首以外 | 수의사<br>[수이사] | 獸醫師 | → | 羅馬拼音<br>su-ui-sa | 회의<br>[회이] | 會議 | → | 羅馬拼音<br>hoe-ui |
| 所有格 | 나의<br>[나에] | 我的 | → | 羅馬拼音<br>na-ui | 친구의<br>[친구에] | 朋友的 | → | 羅馬拼音<br>chin-gu-ui |

「ㅢ」裡面有水平母音，也有垂直母音。若要和子音結合，先寫子音，再寫水平母音後，最後寫垂直母音即可。

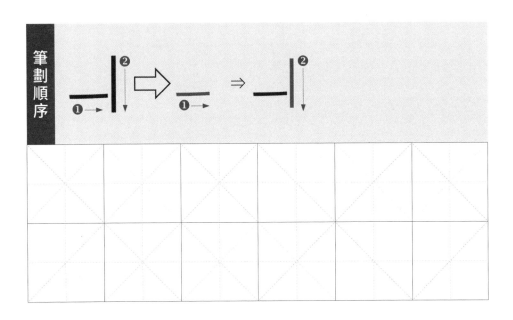

手寫練習

醫生（ui-sa）

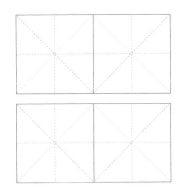

椅子
ui-ja
의자

意義
ui-mi
의미

希望
hi-mang
희망

便利商店
pyeon-ui-jeom
편의점

紋路
mu-ni
무늬

禮儀
ye-ui
예의

獸醫師
su-ui-sa
수의사

你們 / 妳們
neo-hui
너희

▶ 椅子

◈ 저는 꽃무늬 원피스를 좋아해요 .

jeo-neun　kkon-mu-ni　won-pi-seu-reul　jo-a-hae-yo

我喜歡花紋的連身裙。

◆ 의사 선생님 말씀을 잘 들어야 돼요 .

ui-sa　seon-saeng-nim　mal-sseu-meul　jal　deu-reo-ya　dwae-yo

要乖乖聽醫生的話。

◆ 너희 내일 뭐 해 ?

neo-hui　nae-il　mwo　hae

你們明天要幹嘛？

제 꿈은 수의사예요 .

je　kku-meun　su-ui-sa-ye-yo

我的夢想是當獸醫師。

▶ 我的夢想是當獸醫師

小筆記：

❶ 正確的發音為 [ 무니 ]。
❷ 「의사」為「醫生」，「선생님」為「老師」。韓國人會用「醫生」加「老師」來稱
呼醫生。
❸ 正確的發音為 [ 너히 ]。
❹ 正確的發音為 [ 수이사 ]。

# ◆ 곰 세 마리　三隻小熊

## 곰 세 마리가 한 집에 있어 .
gom　se　ma-ri-ga　han　ji-be　i-sseo
三隻小熊在同一個屋子裡。

## 아빠 곰 , 엄마 곰 , 애기 곰 .
a-ppa　gom　eom-ma　gom　ae-gi　gom
熊爸爸、熊媽媽、熊寶寶。

## 아빠 곰은 뚱뚱해 .
a-ppa　go-meun　ttung-ttung-hae
熊爸爸胖胖的。

## 엄마 곰은 날씬해 .
eom-ma　go-meun　nal-ssin-hae
熊媽媽瘦瘦的。

## 애기 곰은 너무 귀여워 .
ae-gi　go-meun　neo-mu　gwi-yeo-wo
熊寶寶真可愛。

## 으쓱으쓱 잘한다 . ❶
eu-sseuk-eu-sseuk　jal-han-da
（嗚呼嗚呼）好棒呀

小筆記：
❶ 最後一句也可以翻成「一天一天長大」。

子音

正式進入子音章節前，先看一下子音發音的確切位置，請參考下圖：

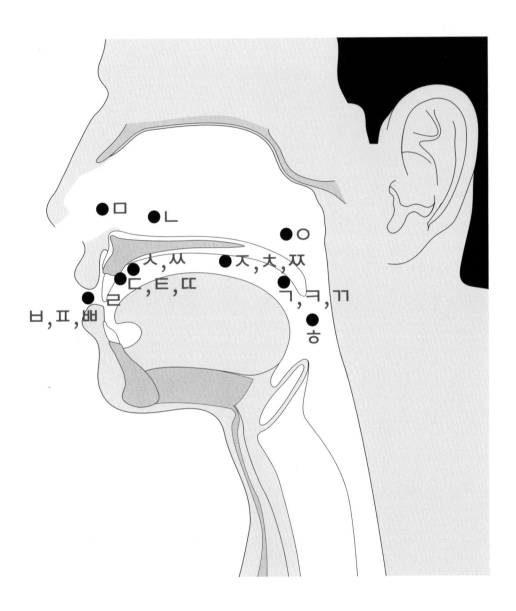

## ●子音的分類

| | |
|---|---|
| 平音 | ㄱ、ㄷ、ㅂ、ㅅ、ㅈ、ㅎ |
| 清子音 | ㅋ、ㅌ、ㅍ、ㅊ |
| 雙子音 | ㄲ、ㄸ、ㅃ、ㅆ、ㅉ |
| 鼻音 | ㄴ、ㅁ、ㅇ |
| 流音 | ㄹ |

　　子音「ㅎ」雖然被歸類在平音，但關於子音「ㅎ」到底是平音還是清子音的疑問在韓國不斷引起爭議，有些學者認為它是平音，有些學者認為它應該是清子音。

# ㄱ / [g]

大致上等同於中文發音的ㄍ（g）。

請注意！子音「ㄱ」有兩種發音，在**字首**時發ㄎ（k），從**第二個字開始**發回原本ㄍ（g）的音。

例如：「고기 肉」，第一個字和第二個字的子音雖為相同，但是第一個字「고」的「ㄱ」為字首，必須發ㄎ（k），而第二個字的「기」必須發ㄍ（g）。如果「고기」的前面又多一個「소 牛」字，那麼「소고기 牛肉」的「고」又要變回ㄍ（g）的音了。

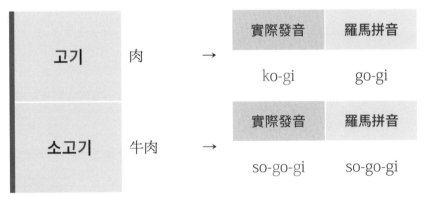

| 고기 | 肉 | → | 實際發音 | 羅馬拼音 |
|---|---|---|---|---|
| | | | ko-gi | go-gi |

| 소고기 | 牛肉 | → | 實際發音 | 羅馬拼音 |
|---|---|---|---|---|
| | | | so-go-gi | so-go-gi |

搭配**垂直母音**時，「ㄱ」要寫斜一點（가、야、거、겨、기……）；

搭配**水平母音**時，「ㄱ」要寫正（고、교、구、규、그……）。

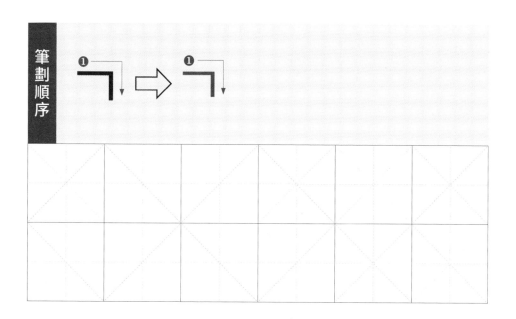

筆劃順序

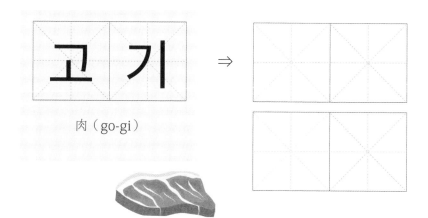

고기 ⇒

肉（go-gi）

那裡
geo-gi
거기

過去
gwa-geo
과거

器具
gi-gu
기구

事故
sa-go
사고

皮鞋
gu-du
구두

歌詞
ga-sa
가사

商店
ga-ge
가게

家人
ga-jok
가족

▶ 皮鞋

◆ **과일 가게에서 과일을 사요.**

gwa-il　　ga-ge-e-seo　　gwa-i-reul　　sa-yo

在水果店買水果。

◆ **한국에는 고깃집이 많아요.**

han-gu-ge-neun　　go-git-ji-bi　　ma-na-yo

韓國有很多烤肉店。

◆ **가족이 몇 명이에요?**

ga-jo-gi　　myeot　　myeong-i-e-yo

家裡一共有幾口人?

◆ **이 노래는 가사가 좋아요.**

i　　no-rae-neun　　ga-sa-ga　　jo-a-yo

這首歌的歌詞很好聽。

▶ 家裡一共有幾口人?

小筆記:

❶ 「고기」指「肉」。但是後面加了「집 家」之後會變成「고깃집」(「고기」的第二個字下面會多一個「ㅅ」),指「烤肉店」。

❷ 「몇 명」指「幾個人」。套用**鼻音化**的發音規則後,正確的發音為 [ 면명 ]。

# ㄴ / [n]

　　大致上接近中文發音的ㄋ（n），是韓文子音的**鼻音**。

　　很多學習者在學習子音「ㄴ」的時候會有這樣的疑問：「為什麼韓國人念起來不像ㄋ（n），更像ㄌ（l）？」這個問題的答案在於我們的舌頭位置上。根據調查，韓國人發「ㄴ」的時候，舌頭位置確實偏向於外國人發ㄌ（l）的位置。所以說更準確一點，韓文的子音「ㄴ」或許對外國人來說，其實是介於ㄋ（n）與ㄌ（l）中間的音。

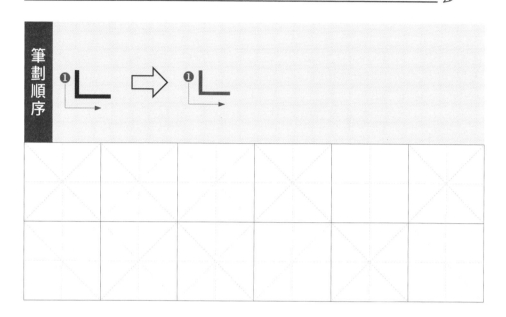

筆劃順序

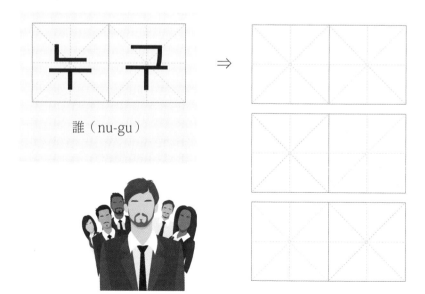

誰（nu-gu）

⇒

姊姊（男生稱呼）
nu-na
# 누나

香蕉
ba-na-na
# 바나나

我也是
na-do
# 나도

非常
neo-mu
# 너무

蝴蝶
na-bi
# 나비

新聞
nyu-seu
# 뉴스

不是
a-ni-yo
# 아니요

市區
si-nae
# 시내

▶ 蝴蝶

◇ 나도 **알아요** .
　　na-do　　　a-ra-yo
我也知道。

◆ **누구**세요❶ ?
　　　nu-gu-se-yo
您是哪位？

◆ 시내 **구경했어요** .
　　si-nae　　gu-gyeong-hae-sseo-yo
我逛了市區。

◇ **아침마**❷**다 한국 뉴스를 봐요** .
　　a-chim-ma-da　　han-guk　nyu-seu-reul　　bwa-yo
我每天早上看韓國新聞。

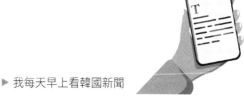

▶ 我每天早上看韓國新聞

小筆記：
❶ 講電話時也可以使用喔！
❷ 「마다」指「每」、「每當」。

# ㄷ / [d]

　　大致上等同於中文發音的ㄉ（d）。

　　請注意！子音「ㄷ」有兩種發音，在**字首**時發ㄊ（t），從**第二個字開始**發回原本ㄉ（d）的音。

　　例如：「다도 茶道」，第一個字和第二個字的子音雖為相同，但是第一個字的「ㄷ」為字首，必須發ㄊ（t）；而第二個字應該發ㄉ（d）。

| 다도 | 茶道 → | 實際發音 | 羅馬拼音 |
|---|---|---|---|
| | | ta-do | da-do |

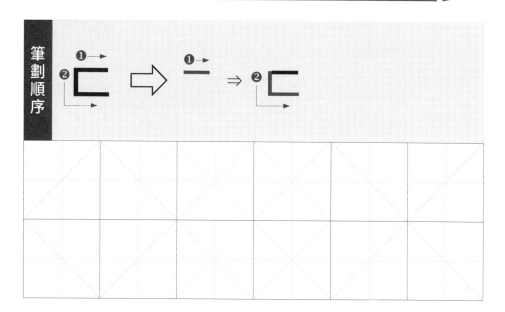

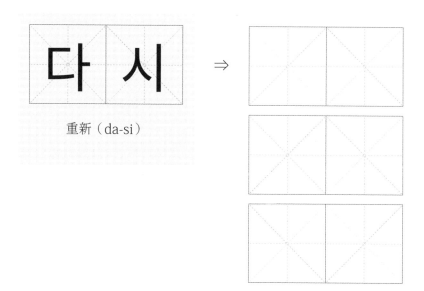

重新（da-si）

茶點
da-gwa
다과

設計、款式
di-ja-in
디자인

松鼠
da-ram-jwi
다람쥐

都市
do-si
도시

大學生
dae-hak-saeng
대학생

車道
cha-do
차도

地圖
ji-do
지도

陶瓷
do-ja-gi
도자기

▶ 地圖

◆ 다시 한번 말씀해 주세요 .
da-si　han-beon　mal-sseum-hae　ju-se-yo
請再說一次。

◆ 서울은 아름다운 도시예요 .
seo-u-reun　a-reum-da-un　do-si-ye-yo
首爾是美麗的都市。

◆ 저는 대학생이 아니에요 .
jeo-neun　dae-hak-saeng-i　a-ni-e-yo
我不是大學生。

◆ 디자인이 마음에 들어요 .
di-ja-i-ni　ma-eu-me　deu-reo-yo
我喜歡這個款式。

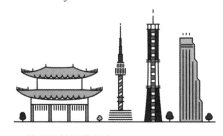

▲ 首爾是美麗的都市

小筆記：
❶ 「아니에요」指「不是……」。
❷ 原形為「마음에 들다」，指「合心意」、「喜歡」。

# ㄹ / [r/l]

大致上等同於中文發音的ㄌ（ㄧ）。

請注意！子音「ㄹ」有兩種發音，在**字首**時發**不捲舌**的ㄌ（ㄧ），從**第二個字開始**發**稍微捲舌後**的ㄖ（r）的音，不過這裡說的捲舌並不完全是中文裡的捲舌音喔！只要比ㄌ（ㄧ）稍微捲一點即可。

| 라디오 | 收音機 → | 實際發音 | 羅馬拼音 |
|---|---|---|---|
| | | la-di-o | ra-di-o |

| 나라 | 國家 → | 實際發音 | 羅馬拼音 |
|---|---|---|---|
| | | na-ra | na-ra |

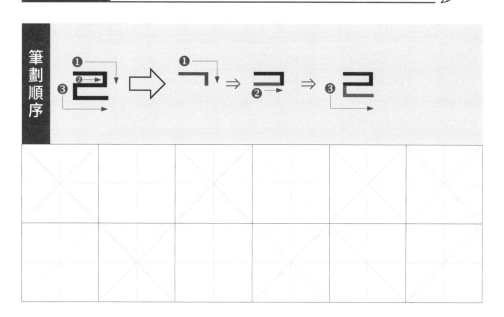

筆劃順序

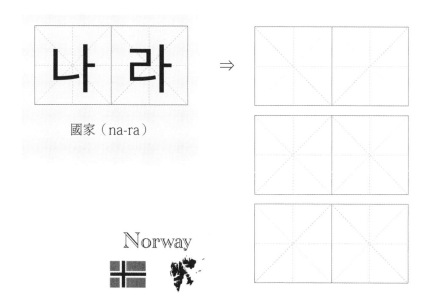

나 라 ⇒

國家（na-ra）

Norway

腿
da-ri
다리

螺
so-ra
소라

蝴蝶結
ri-bon
리본

遙控器
ri-mo-keon
리모컨

類型
jang-neu
장르

部落格
beul-lo-geu
블로그

垃圾
sseu-re-gi
쓰레기

可樂
kol-la
콜라

▶ 遙控器

콜라 마실래？
kol-la　　ma-sil-lae
要不要喝可樂？

이건 일반 쓰레기예요？재활용
i-geon　　il-ban　　sseu-re-gi-ye-yo　　jae-hwa-ryong
쓰레기예요？
sseu-re-gi-ye-yo
這是一般垃圾，還是資源回收垃圾？

어느 나라에서 왔어요？
eo-neu　　na-ra-e-seo　　wa-sseo-yo
你來自於哪一個國家？

제 블로그에 놀러 오세요．
je　　beul-lo-geu-e　　nol-leo　　o-se-yo
來我的部落格看一看吧。

▲ 這是一般垃圾，還是資源回收垃圾？

小筆記：

❶ 「블로그」指「部落格」。另外，「部落客」的韓文為「블로거」。

ㅁ / [m]

等同於中文發音的ㄇ（m），是韓文子音的**鼻音**。

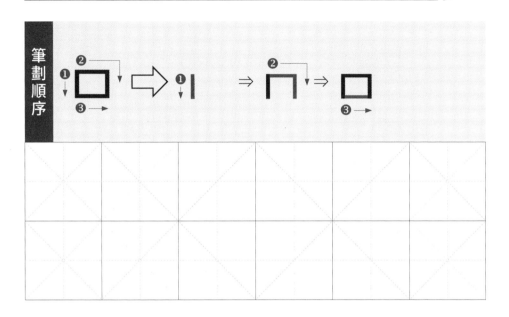

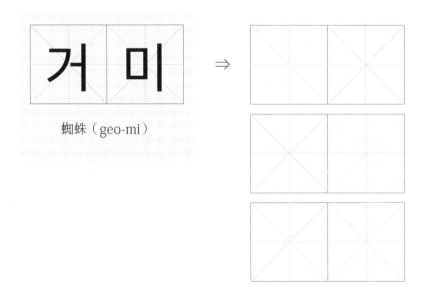

蜘蛛（geo-mi）

單字
練習

| | |
|---|---|
| 蟬<br>mae-mi<br>매미 | 形象<br>i-mi-ji<br>이미지 |
| 全部<br>mo-du<br>모두 | 趣味<br>myo-mi<br>묘미 |
| 地瓜<br>go-gu-ma<br>고구마 | 蚊子<br>mo-gi<br>모기 |
| 河馬<br>ha-ma<br>하마 | 熨斗<br>da-ri-mi<br>다리미 |

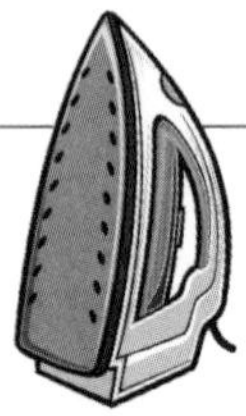

▶ 熨斗

◆ **한국은 겨울에 군고구마를 팔아요 .**
han-gu-geun　gyeo-u-re　　gun-go-gu-ma-reul　　pa-ra-yo
韓國在冬天時賣烤地瓜。

◆ **우리 모두 힘냅시다 !**
　u-ri　　mo-du　　him-naep-si-da
我們都加油吧！

◆ **한국하면 떠오르는 이미지가**
han-gu-ka-myeon　　tteo-o-reu-neun　　i-mi-ji-ga
**뭐예요 ?**
mwo-ye-yo
說到韓國會連想到什麼？

◆ **거미라는 한국 가수 노래를 좋아해요 .**
geo-mi-ra-neun　han-guk　ga-su　no-rae-reul　jo-a-hae-yo
喜歡叫作「巨美（英文名：Gummy）」的韓國歌手。

---

小筆記：
❶ 此句應用了文法「-(으) ㅂ시다」，指「…… 吧」。
❷ 「거미」指昆蟲的「蜘蛛」，也是韓國著名女歌手的藝名喔！

▲ 我們都加油吧！

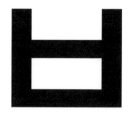

ㅂ / [b]

等同於中文發音的ㄅ（b）。

請注意！子音「ㅂ」有兩種發音，在**字首**時發ㄆ（p），從**第二個字開始**發回原本ㄅ（b）的音。

例如：「바보 笨蛋」，第一個字和第二個字的子音雖為相同，但是第一個字「바」的「ㅂ」為字首，必須發ㄆ（p）；而第二個字「보」的「ㅂ」應該發ㄅ（b）。

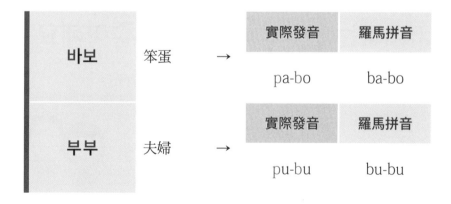

| 바보 | 笨蛋 | → | 實際發音 | 羅馬拼音 |
|---|---|---|---|---|
| | | | pa-bo | ba-bo |
| 부부 | 夫婦 | → | 實際發音 | 羅馬拼音 |
| | | | pu-bu | bu-bu |

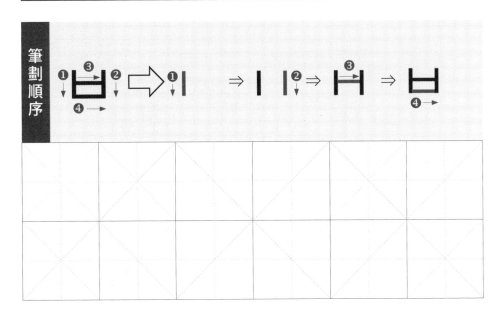

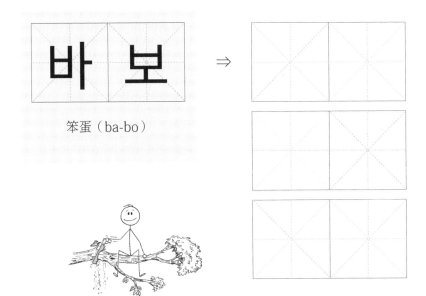

笨蛋（ba-bo）

| 褲子<br>ba-ji<br>**바지** | 香草<br>heo-beu<br>**허브** |
|---|---|
| 飛機<br>bi-haeng-gi<br>**비행기** | 豆腐<br>du-bu<br>**두부** |
| 夫婦、夫妻<br>bu-bu<br>**부부** | 扔<br>beo-ri-da<br>**버리다** |
| 海<br>ba-da<br>**바다** | 籃子<br>ba-gu-ni<br>**바구니** |

▲ 飛機

산이 바다**보다** 더 시원해요 .
sa-ni     ba-da-bo-da    deo    si-won-hae-yo
山比海還要更涼快。

◆ **허브**티가 몸에 **좋다고 해요** .
heo-beu-ti-ga    mo-me    jo-ta-go    hae-yo
聽說香草茶對身體好。

◆ 저기 바지 입은 사람이 제 친구예요 .
jeo-gi    ba-ji    i-beun    sa-ra-mi    je    chin-gu-ye-yo
那邊穿褲子的人是我的朋友。

물건은 장**바구니**에 담아 주세요 .
mul-geo-neun    jang-ba-gu-ni-e    da-ma    ju-se-yo
請把東西裝在購物袋裡。

▲ 聽說香草茶對身體好

小筆記：
❶ 「보다」指「比起」。
❷ 指「香草茶」。
❸ 「- 다고 해요」指「聽說……」。
❹ 指「購物袋」。

ㅅ / [s]

　　較接近中文發音的「ㄙ（s）」，但是與「ㄙ（s）」不完全相同。發音時，舌尖貼在下齒背，輕輕地把氣放出來，這時候千萬不能用力發音，而且舌頭**不能碰到硬顎**。

　　此外，**當「ㅅ」與「ㅣ」相關的任何一個母音搭配時必須發ㄒ（sh）**，例如：「시」、「샤」、「셔」、「쇼」、「슈」、「섀」、「셰」、「쉬」。除了這些之外，還有一個母音「ㅞ」也是會發ㄒ（sh）的音，照理來說「ㅅ」搭配「ㅞ」是發ㄙ（s）的，只是現代人都把它發音為ㄒ（sh）的音，換句話說，把「쉐」這一個字的子音發ㄙ（s）也對，ㄒ（sh）也沒有錯。

筆劃順序

⇒

獅子（sa-ja）

歌手
ga-su
가수

沙發
so-pa
소파

時間
si-gan
시간

休息
swi-da
쉬다

蝦子
sae-u
새우

修理
su-ri
수리

公車
beo-seu
버스

洗衣機
se-tak-gi
세탁기

▶ 洗衣機

◆ 버스를 타고 출근해요 .

beo-seu-reul　　ta-go　　chul-geun-hae-yo

我搭公車上班。

◆ 요즘 시간이 없어요 .

yo-jeum　　si-ga-ni　　eop-seo-yo

最近沒空（沒有時間）。

◆ 좋아하는 가수 콘서트에 갔어요 .

jo-a-ha-neun　　ga-su　　kon-seo-teu-e　　ga-sseo-yo

我去了喜歡的歌手的演唱會。

◆ 일찍 쉬세요 .

il-jjik　　swi-se-yo

請早點休息。

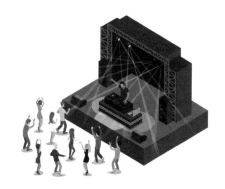

▲ 我去了喜歡的歌手的演唱會

小筆記：

❶ 原形為「타다」，是指「搭乘」。

❷ 原形為「쉬다」，是指「休息」。

O

/ [-]

　　「ㅇ」是**不發音**的子音，不管與哪個母音搭配都不會發音，是**零聲母**。有一點需要注意，如果「ㅇ」當終聲來使用時，「ㅇ」是會發音的，關於終聲的詳細內容請翻閱終聲章節。

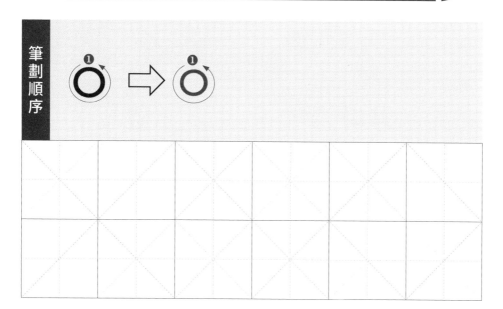

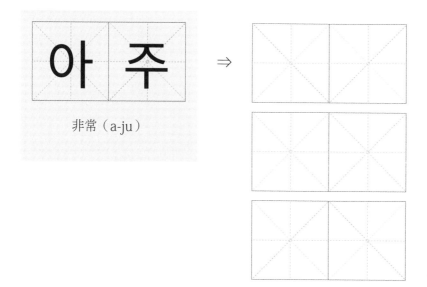

非常（a-ju）

洋蔥
yang-pa
양파

旁邊
yeop
옆

牙齒
i-ppal
이빨

幼兒
yu-a
유아

關係、之間
sa-i
사이

魚板
eo-muk
어묵

梨泰院（地名）
i-tae-won
이태원

名字
i-reum
이름

▶ 洋蔥

## 이름이 뭐예요?

i-reu-mi　　mwo-ye-yo

你叫什麼名字？

## ◆ 떡볶이에 어묵을 꼭 넣어야 맛있어요.

tteok-bo-kki-e　　eo-mu-geul　kkok　neo-eo-ya　　ma-si-sseo-yo

辣炒年糕裡要放魚板才好吃。

## ◆ 프로그램이 아주 웃겨요.

peu-ro-geu-rae-mi　　　　a-ju　　ut-gyeo-yo

節目很搞笑。

## 회사 옆에 영화관이 있어요.

hoe-sa　　yeo-pe　yeong-hwa-gwa-ni　i-sseo-yo

公司旁邊有電影院。

▲ 節目很搞笑

小筆記：

❶「프로그램」指「節目」。

# ㅈ /[j]

　　大致上接近中文發音的ㄐ（j）。通常講到子音「ㅈ」，很多學習者會把「ㅈ」當成ㄗ（zi）的音，但是仔細聽韓國人的道地發音會發現它是更接近中文發音的ㄐ（j）喔！只是，在搭配「ㅡ」的母音時，的確是接近ㄗ（zi）的音。

　　請注意！子音「ㅈ」有兩種發音，在**字首**時發ㄑ（ch），從**第二個字開始**發回原本ㄐ（j）的音。

| 자주 | 常常 | → | 實際發音 | 羅馬拼音 |
|---|---|---|---|---|
| | | | cha-ju | ja-ju |

| 재주 | 才華 | → | 實際發音 | 羅馬拼音 |
|---|---|---|---|---|
| | | | chae-ju | jae-ju |

這一個子音有兩種不同寫法，依照個人的習慣，可以寫成 ㅈ 或 ㅈ。

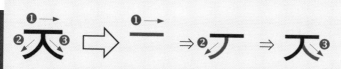

寫練習

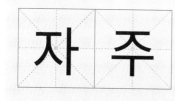

常常（ja-ju）

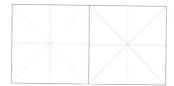

自己
ja-gi
자기

姪子
jo-ka
조카

濟州島
je-ju-do
제주도

大嬸
a-jum-ma
아줌마

果汁
ju-seu
주스

水梨汁
bae-jeup
배즙

趣味
jae-mi
재미

水庫
jeo-su-ji
저수지

▶ 果汁

短句
練習

▶ 자기**야**, 지금 바빠？
　ja-gi-ya　　ji-geum　ba-ppa
　親愛的，你在忙嗎？

◆ 배즙**이** 목에 좋다고 해요.
　bae-jeu-bi　mo-ge　jo-ta-go　hae-yo
　聽說水梨汁對喉嚨好。

◆ 한국어 **CD** 를 자주 들어요.
　han-gu-geo　si-di-reul　ja-ju　deu-reo-yo
　我常常聽韓文 CD。

▶ 저는 사과 주스**만** 마셔요.
　jeo-neun　sa-gwa　ju-seu-man　ma-syeo-yo
　我只喝蘋果汁。

▶ 我只喝蘋果汁

小筆記：
❶「자기」除了「自己」的意思外，還有一個有趣的意思在，就是稱呼對方為「親愛的」的意思。
❷ 如果想要用韓文寫「CD」，可以寫成「시디」。
❸ 指「只」。

# ㅊ / [ch]

　　大致上等同於中文發音的ㄑ（ch），只是在搭配「ㅣ」的母音時，接近ㄘ（ci）的音。

　　「ㅊ」是韓文子音中的**清子音**，所謂的清子音，都會有對應的**平音**存在，與「ㅊ」相對應的平音為「ㅈ」。那麼，平音「ㅈ」在字首上發ㄑ（ch）的音，清子音「ㅊ」也是發ㄑ（ch），我們該如何區分呢？清子音與平音相比，發音的時候**氣會比較多**，當我們單獨發清子音時，接近中文的**四聲**或**輕聲**的感覺。可是如果把清子音放在單字或句子裡，確實會讓學習者難以區分平音與清子音之間微妙的差別，所以要先把平音學好，再來分辨與清子音的不同處才能夠有效率的學習。另外，很多學習者也會分不清楚子音「ㅅ」與「ㅊ」的發音，發「ㅅ」的時候舌頭不會碰到硬顎；而「ㅊ」會碰到硬顎喔！

這一個子音有不同寫法，依照個人的習慣，可以寫成ㅊ或ㅊ或ㅊ。

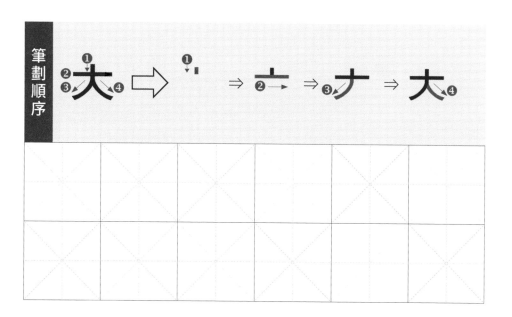

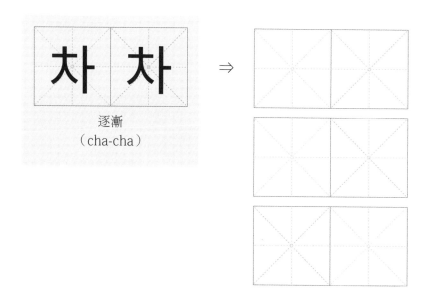

차 차

逐漸
（cha-cha）

出口
chul-gu
**출구**

紅茶
hong-cha
**홍차**

壽司
cho-bap
**초밥**

慶典
chuk-je
**축제**

汽車
ja-dong-cha
**자동차**

裙子
chi-ma
**치마**

蔬菜
chae-so
**채소**

回憶
chu-eok
**추억**

▶ 壽司

短句
練習

재미있는 추억이 많아요 .

jae-mi-in-neun　　chu-eo-gi　　ma-na-yo

有很多有趣的回憶。

◆ 홍차 **마실래요**❶ ?

hong-cha　　ma-sil-lae-yo

要喝點紅茶嗎?

◆ **일식집**❷에서 초밥이 제일 **맛있어요**❸ .

il-sik-ji-be-seo　　cho-ba-bi　　je-il　　ma-si-sseo-yo

在日式料理店,壽司最好吃。

**여름**❹에 재미있는 축제가 **있어요**❺ .

yeo-reu-me　　jae-mi-in-neun　　chuk-je-ga　　i-sseo-yo

夏天有有趣的慶典。

▲ 在日式料理店,壽司最好吃

小筆記:
❶ 這裡使用了「-(으)ㄹ래요?」的文法,用於詢問或提議對方要不要做某件事情時。
❷ 指「日式料理店」。
❸ 套用**連音化**的發音規則後,正確的發音為 [ 마시써요 ]。
❹ 指「夏天」。
❺ 套用**連音化**的發音規則後,正確的發音為 [ 이써요 ]。

# ㅋ / [k]

　　大致上等同於中文發音的ㄎ（k），是韓文子音中的**清子音**，與「ㅋ」對應的的平音為「ㄱ」，當我們單獨發清子音時，接近中文的**四聲**或**輕聲**。子音「ㅋ」與我們的笑聲很接近，所以當韓國人在傳訊息時，想要表達某件事情很好笑或想要打笑聲時，就會使用這個子音，而且打的是很誇張的，例如下圖。

> ㅋㅋㅋㅋㅋㅋㅋㅋㅋㅋㅋㅋㅋㅋㅋㅋㅋ
> ㅋㅋㅋㅋㅋㅋㅋㅋㅋㅋㅋㅋㅋ

搭配**垂直母音**時，「ㅋ」要寫斜一點（카、캬、커、켜、키…）；

搭配**水平母音**時，「ㅋ」要寫正（코、쿄、쿠、큐、크…）。

筆劃順序

手寫練習

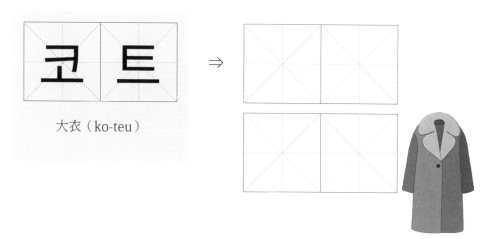

大衣（ko-teu）

## 單字練習

| | |
|---|---|
| 蛋糕<br>ke-i-keu<br>**케이크** | 餅乾<br>ku-ki<br>**쿠키** |
| 大象<br>ko-kki-ri<br>**코끼리** | 香港<br>hong-kong<br>**홍콩** |
| 大波斯菊<br>ko-seu-mo-seu<br>**코스모스** | 可可<br>ko-ko-a<br>**코코아** |
| 奇異果<br>ki-wi<br>**키위** | 無尾熊<br>ko-al-la<br>**코알라** |

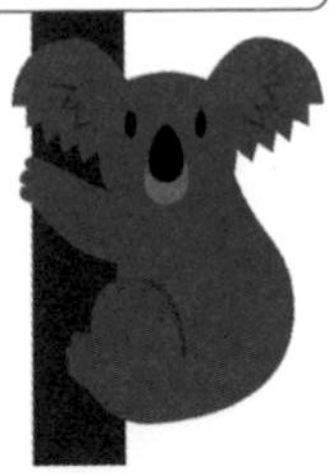

◆ **따뜻한** 코코아 **한 잔 주세요** .
  tta-tteu-tan    ko-ko-a    han  jan   ju-se-yo
請給我一杯熱可可。

◆ **제일 좋아하는 과일은** 키위**예요** .
  je-il    jo-a-ha-neun    gwa-i-reun   ki-wi-ye-yo
我最喜歡的水果是奇異果。

◆ **제 취미는** 쿠키**를 굽는 거예요** .
  je   chwi-mi-neun   ku-ki-reul   gub-neun   geo-ye-yo
我的興趣是烤餅乾。

◆ 케이크 **좋아해요** ?
  ke-i-keu    jo-a-hae-yo
你喜歡蛋糕嗎？

▲ 我的興趣是烤餅乾

小筆記：
❶「溫暖的可可」。較簡單的說法為「핫초코」，都指「熱可可」。
❷「- 는 거」為「……的事情」、「……的東西」。

　　大致上等同於中文發音的ㄊ（t），是韓文子音中的**清子音**，與「ㅌ」對應的的平音為「ㄷ」。當我們單獨發清子音時，接近中文的**四聲**或**輕聲**。

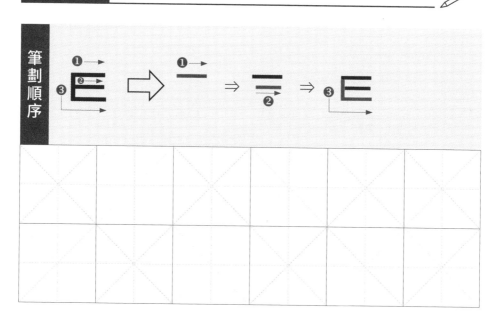

筆劃順序

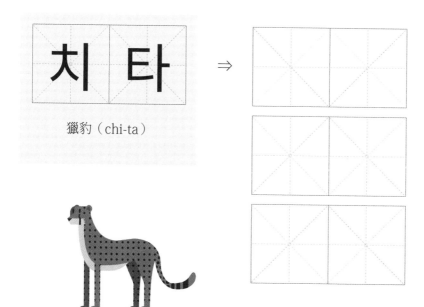

치 타

獵豹（chi-ta）

⇒

星期六
to-yo-il
**토요일**

兔子
to-kki
**토끼**

鴕鳥
ta-jo
**타조**

泰國
tae-guk
**태국**

摩托車
o-to-ba-i
**오토바이**

駱駝
nak-ta
**낙타**

帳篷
ten-teu
**텐트**

短袖
ti-syeo-cheu
**티셔츠**

▶ 帳篷

➢ 오토바이를 **탈 줄 알아요** ❶ ?
　　o-to-ba-i-reul　　tal　jul　a-ra-yo
你會騎摩托車嗎？

◆ 토요일이 제일 좋아요 .
　　to-yo-i-ri　　je-il　　jo-a-yo
我最喜歡星期六。

◆ 사막에서 낙타를 보고 **싶어요** ❷ .
　sa-ma-ge-seo　　nak-ta-reul　bo-go　si-peo-yo
想要在沙漠看到駱駝。

➢ 오늘 티셔츠를 입었어요 .
　o-neul　ti-syeo-cheu-reul　i-beo-sseo-yo
今天穿了短袖。

▲ 想要在沙漠看到駱駝

---

小筆記：
❶ 文法「-( 으 ) ㄹ 줄 알아요」 指「會」的意思。
❷ 「- 고 싶어요」 指「想要」的意思。

## 發音技巧

　　大致上等同於中文發音的ㄆ（p），是韓文子音中的**清子音**，與「ㅍ」對應的的平音為「ㅂ」。當我們單獨發清子音時，接近中文的**四聲**或**輕聲**。

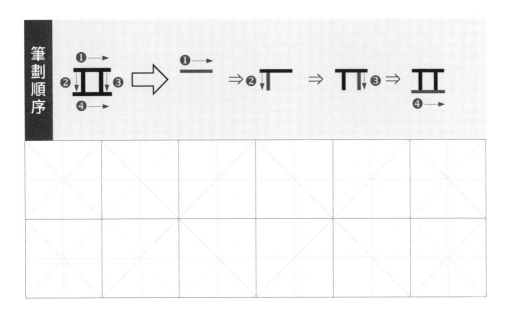

筆劃順序

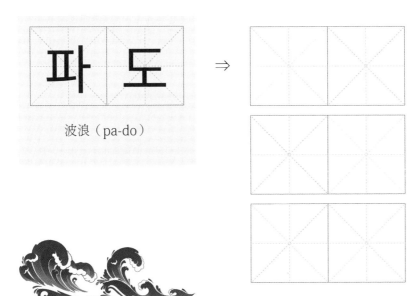

파 도

波浪（pa-do）

葡萄
po-do
포도

叉子
po-keu
포크

皮膚
pi-bu
피부

原子筆
bol-pen
볼펜

瀑布
pok-po
폭포

超市
syu-peo-ma-ket
슈퍼마켓

披薩
pi-ja
피자

鋼琴
pi-a-no
피아노

**短句練習**

> ## 슈퍼마켓에서 음료수를 샀어요 .
>
> syu-peo-ma-ke-se-seo　　eum-nyo-su-reul　　sa-sseo-yo
>
> 在超市買了飲料。

◆ ## 저는 피아노를 칠 줄 몰라요 .❶

jeo-neun　　pi-a-no-reul　　chil　jul　　mol-la-yo

我不會彈鋼琴。

◆ ## 피부가 정말 좋네요 .

pi-bu-ga　　jeong-mal　　jon-ne-yo

妳的皮膚好好喔！

> ## 천지연 폭포는 제주도의 ❷
>
> cheon-ji-yeon　pok-po-neun　　je-ju-do-ui
>
> ## 관광지예요 .
>
> gwan-gwang-ji-ye-yo
>
> 天地淵瀑布是濟州島的觀光景點。

▲ 妳的皮膚好好喔！

---

小筆記：
❶ 文法「-(으)ㄹ 줄 몰라요」指「不會」的意思。
❷ 濟州島的「천지연 폭포 天地淵瀑布」和「천제연 폭포 天帝淵瀑布」都值得一去。

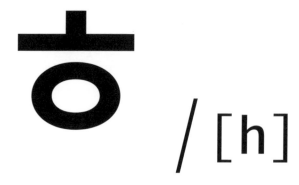

## 發音技巧

　　大致上等同於中文發音的ㄏ（h）。「ㅎ」這一個子音也可以在傳訊息時當笑聲來使用喔！另外，當學習者聽到「ㅎ」相關單字的時候，常常會說聽不到「ㅎ」的音，那是因為「ㅎ」出現在字首以外的位置時，不少韓國人會把它當成不發音的子音「ㅇ」來看待，但是這並不是韓文裡有的發音規則喔！

## 寫字技巧

　　「ㅎ」有兩種不同寫法，ㅎ和ㅎ兩種都可以。

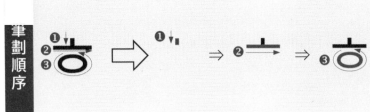

호 수

湖泊（ho-su）

⇒

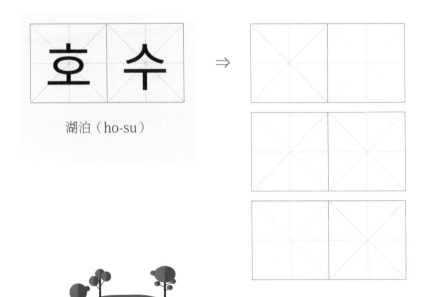

一天
ha-ru
하루

韓服
han-bok
한복

胡椒
hu-chu
후추

向日葵
hae-ba-ra-gi
해바라기

腰
heo-ri
허리

一（數字）
ha-na
하나

奶奶
hal-meo-ni
할머니

地下
ji-ha
지하

▶ 向日葵

◇ **어제 할머니 댁에 놀러 갔어요** .

　eo-je　　hal-meo-ni　　dae-ge　　nol-leo　　ga-sseo-yo

昨天去奶奶家玩。

◆ **봉지 하나만 주세요** .

　bong-ji　　ha-na-man　　ju-se-yo

請給我一個袋子。

◆ **한복은 한국의 전통 옷이에요** .

　han-bo-geun　　han-gu-gui　　jeon-tong　　o-si-e-yo

韓服是韓國的傳統服裝。

◇ **하루 종일 공부했어요** .

　ha-ru　　jong-il　　gong-bu-hae-sseo-yo

讀了一整天的書。

▲ 請給我一個袋子

---

小筆記：

❶ 「댁」為「집」的敬語，兩個都是指「家」。

❷ 這裡使用了文法「-(으)러 가다」，指「去……(為了)做……」。

❷ 「하루 종일」指「一整天」。

# ㄲ / [kk]

　　大致上等同於中文發音的ㄍ（g），「ㄲ」為雙子音，**雙子音**和平音、清子音相比，發音會比較重，所以也叫做**硬音**。平音、清子音、雙子音都是有關連的，與雙子音「ㄲ」對應的平音為「ㄱ」，我們來比較一下平音「ㄱ」和清子音「ㅋ」和雙子音「ㄲ」的差別：

1. **平音　「ㄱ」**：在**字首**發ㄎ（k），在**字首以外**的位置上發ㄍ（g）。
2. **清子音「ㅋ」**：發ㄎ（k），發音時比平音「ㄱ」的氣會多一些。
3. **雙子音「ㄲ」**：發ㄍ（g），發音時比平音「ㄱ」的音還要重。

筆劃順序

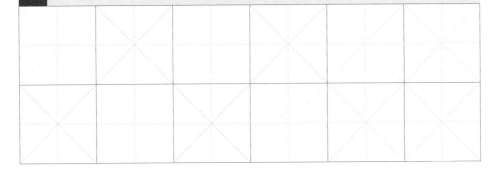

手寫練習

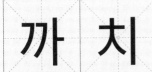 ⇒

喜鵲（kka-chi）

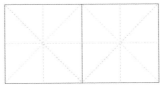

芝麻
kkae
**깨**

烏鴉
kka-ma-gwi
**까마귀**

黑色
kka-man-saek
**까만색**

剛剛
a-kka
**아까**

小傢伙
kko-ma
**꼬마**

肩膀
eo-kkae
**어깨**

尾巴
kko-ri
**꼬리**

一直
ja-kku
**자꾸**

▶ 小傢伙

아까 **뭐라고 했어요?**
a-kka mwo-ra-go hae-sseo-yo
你剛剛說什麼？

◆ **까만색**을 제일 좋아해요 **.**
❶
kka-man-sae-geul je-il jo-a-hae-yo
我最喜歡黑色。

◆ 옛 추억이 자꾸 생각이 나요
yet chu-eo-gi ja-kku saeng-ga-gi na-yo
一直想到以前的回憶。

한국에서는 **까치**를 길조로 여기고
❷
han-gu-ge-seo-neun kka-chi-reul gil-jo-ro yeo-gi-go
있어요 **.**
i-sseo-yo
在韓國，把喜鵲當作吉祥之鳥。

▲ 你剛剛說什麼？

小筆記：
❶ 指「黑色」。除了「까만색」外，還可以說「검은색」，也是指「黑色」。
❷ 喜鵲在韓國是**吉祥的象徵**，韓國人相信看到喜鵲會發生好運！

# ㄸ
## / [tt]

大致上等同於中文發音的ㄉ（d），「ㄸ」為雙子音，**雙子音**的發音會比起其他子音重，所以也叫做**硬音**，與雙子音「ㄸ」對應的平音為「ㄷ」。平音「ㄷ」和清子音「ㅌ」和雙子音「ㄸ」的差別：

1. **平音　「ㄷ」**：在**字首**發ㄊ（t），在**字首以外**的位置上發ㄉ（d）。
2. **清子音「ㅌ」**：發ㄊ（t），發音時比平音「ㄷ」的氣會多一些。
3. **雙子音「ㄸ」**：發ㄉ（d），發音時比平音「ㄷ」的音還要重。

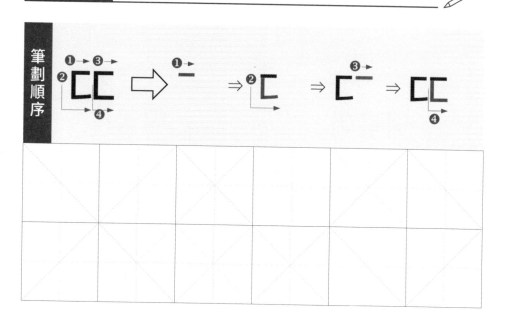

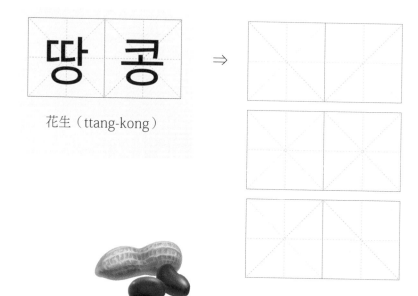

花生（ttang-kong）

炒年糕
tteok-bo-kki
떡볶이

年糕湯
tteok-guk
떡국

蓋子
ttu-kkeong
뚜껑

同輩
tto-rae
또래

又、再次
tto
또

搓澡
ttae-mi-ri
때밀이

紙牌
ttak-ji
딱지

草莓
ttal-gi
딸기

▶ 蓋子

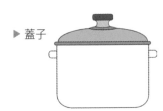

◇ **한국에 가면 때밀이❶ 수건을 꼭 사**
han-gu-ge   ga-myeon   ttae-mi-ri   su-geo-neul   kkok   sa

**보세요 .**
bo-se-yo

如果去到韓國，一定要買買看搓澡毛巾。

◆ **한국의 딸기는 크고 향이 좋아요 .**
han-gu-gui   ttal-gi-neun   keu-go   hyang-i   jo-a-yo

韓國的草莓又大又香。

◇ **떡국은 설날❷에 먹는 음식이에요 .**
tteok-gu-geun   seol-na-re   meok-neun   eum-si-gi-e-yo

年糕湯是過年時吃的食物。

◆ **시간 있으면 또 놀러 오세요 .**
si-gan   i-sseu-myeon   tto   nol-leo   o-se-yo

如果有空，再來玩！

▶ 年糕湯是過年時吃的食物

小筆記：

❶ 「때밀이」指搓澡或幫忙搓澡的人，後面加「수건 毛巾」會變成「**搓澡毛巾**」，是
韓國人洗澡的時候會使用的東西。

❷ 套用**流音化**的發音規則後，正確的發音為 [ 설랄 ]。在韓國，過年的時候會吃「떡국
年糕湯。」

/ [pp]

　　大致上等同於中文發音的ㄅ（b），「ㅃ」為**雙子音**，雙子音的發音會比起其他子音重，所以也叫做**硬音**，與雙子音「ㅃ」對應的平音為「ㅂ」。平音「ㅂ」和清子音「ㅍ」和雙子音「ㅃ」的差別：

1. **平音　「ㅂ」：在字首**發ㄆ（p），在**字首以外**的位置上發ㄅ（b）。
2. **清子音「ㅍ」**：發ㄆ（p），發音時比平音「ㅂ」的氣會多一些。
3. **雙子音「ㅃ」**：發ㄅ（b），發音時比平音「ㅂ」的音還要重。

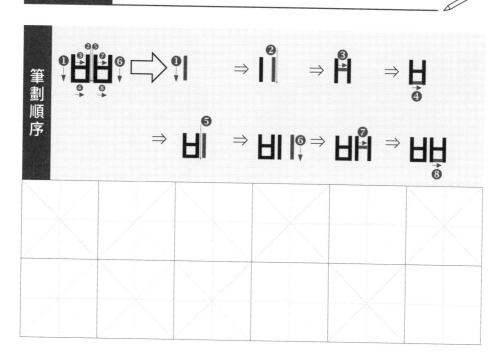

筆劃順序

手寫練習

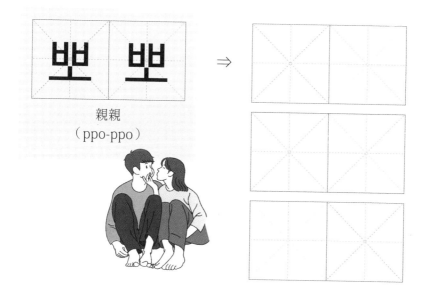

뽀뽀

親親
（ppo-ppo）

犀牛
ko-ppul-so
**코뿔소**

吸管
ppal-dae
**빨대**

臉頰
ppyam
**뺨**

鯛魚燒
bung-eo-ppang
**붕어빵**

洗衣服
ppal-lae
**빨래**

紅色
ppal-gan-saek
**빨간색**

愉悅
gi-ppeum
**기쁨**

漂亮
ye-ppeo-yo
**예뻐요**

▶ 洗衣服

◆ 붕어빵은 대표적인 <u>길거리</u>[1] 음식이에요.

bung-eo-ppang-eun　dae-pyo-jeo-gin　gil-geo-ri　eum-si-gi-e-yo

鯛魚燒是具有代表性的街道食物。


◆ 빨대 **필요하세요**[2]?

ppal-dae　pi-ryo-ha-se-yo

請問需要吸管嗎？


◆ 빨간색 립스틱을 발랐어요.

ppal-gan-saek　lib-seu-ti-geul　bal-la-sseo-yo

塗了紅色的口紅。


◆ 제 친구는 얼굴도 마음씨도

je　chin-gu-neun　eol-gul-do　ma-eum-ssi-do

예뻐요.

ye-ppeo-yo

我的朋友不僅長得漂亮，心地也很善良。

▶ 塗了紅色的口紅

小筆記：

❶ 指「街道食物」。除了鯛魚燒外，「군고구마 烤地瓜」、「계란빵 雞蛋麵包」、「와플 鬆餅」都是在韓國具有代表性的街道食物。

❷ 原形為「필요하다」，指「需要」的意思。

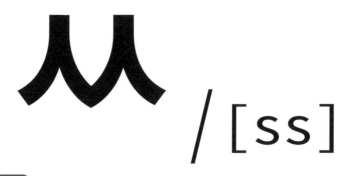

## ㅆ / [ss]

發音技巧

　　大致上等同於中文發音的ㄙ（s），「ㅆ」為**雙子音**，雙子音的發音會比起其他子音重，所以也叫做**硬音**。**當「ㅆ」遇到與「ㅣ」相關的任何一個母音時必須發ㄒ（sh）的音**，例如：「씨」、「쌰」、「쎠」、「쑈」、「쓔」、「쌔」、「쎄」、「쒸」。除了這些之外，還有一個母音「ㅖ」也是，照理來說它是發ㄙ（s）的，只是現代人都把它發音為ㄒ（sh）的音，換句話說，把「쎼」這一個字的子音發ㄙ（s）也對，ㄒ（sh）也沒有錯，和平音「ㅅ」的道理是一樣的。

筆劃順序

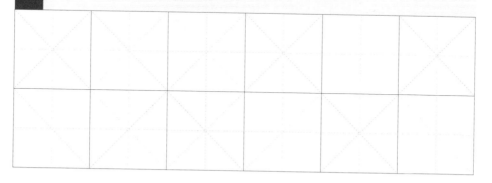

手寫練習

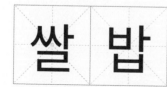

⇒

米飯（ssal-bap）

吵架
ssa-u-da
**싸우다**

寫作
sseu-gi
**쓰기**

垃圾
sseu-re-gi
**쓰레기**

天氣
nal-ssi
**날씨**

眉毛
nun-sseop
**눈썹**

牙籤
i-ssu-si-gae
**이쑤시개**

摔跤
ssi-reum
**씨름**

雙胞胎
ssang-dung-i
**쌍둥이**

▶ 吵架

▷ 쌍둥이처럼 **닮았어요** .
ssang-dung-i-cheo-reom    dal-ma-sseo-yo
長得和雙胞胎一樣很像。

◆ 오늘 날씨가 **굉장히** 좋네요 !
o-neul    nal-ssi-ga    goeng-jang-hi    jon-ne-yo
今天天氣非常好耶！

◆ **쓰레기통**이 어디에 있어요 ?
sseu-re-gi-tong-i    eo-di-e    i-sseo-yo
垃圾桶在哪裡？

▷ 씨름 대회에서 이긴 사람은 황소
ssi-reum    dae-hoe-e-seo    i-gin    sa-ra-meun    hwang-so
한 마리를 받았어요 .
han    ma-ri-reul    ba-da-sseo-yo
在摔角比賽獲得勝利的人，會拿到黃牛作為獎品。

---

小筆記：
❶ 指「相似」。
　 韓國人會用「붕어빵 鯛魚燒」來形容長得很像。
❷ 指「非常」。
❸ 指「垃圾桶」。

▲ 長得和雙胞胎一樣很像

# ㅉ / [jj]

　　大致上等同於中文發音的ㄐ（j），「ㅉ」為**雙子音**，雙子音的發音會比起其他子音重，所以也叫做**硬音**，「ㅉ」搭配「ㅣ」的母音時，較接近ㄗ（zi）的音。與雙子音「ㅉ」對應的平音為「ㅈ」。平音「ㅈ」和清子音「ㅊ」和雙子音「ㅉ」的差別：

1. **平音　「ㅈ」**：在**字首**發ㄑ（ch），在**字首以外**的位置上發ㄐ（j）。
2. **清子音「ㅊ」**：發ㄑ（ch），發音時比平音「ㅈ」的氣會多一些。
3. **雙子音「ㅉ」**：發ㄐ（j），發音時比平音「ㅈ」的音還要重。

　　「ㅉ」有兩種寫法，ㅉ和ㅉ。

## 手寫練習

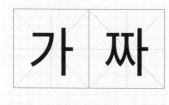

假的（ga-jja）

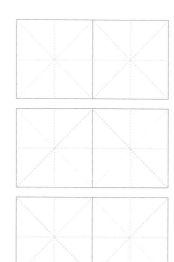

炸醬麵
jja-jang-myeon
## 짜장면

汗蒸幕
jjim-jil-bang
## 찜질방

鍋
jji-gae
## 찌개

醃菜
jang-a-jji
## 장아찌

手環
pal-jji
## 팔찌

閃閃亮亮
ban-jjak-ban-jjak
## 반짝반짝

饅頭
jjin-ppang
## 찐빵

鹹
jja-da
## 짜다

▶ 饅頭

➤ 짜장면하고 **짬뽕**❶ 중에서 뭐 먹을까요？
jja-jang-myeon-ha-go jjam-ppong jung-e-seo　mwo　meo-geul-kka-yo
炸醬麵和炒馬麵中，要吃什麼呢？

◆ 김치찌개를 만들 줄 알아요．
gim-chi-jji-gae-reul　man-deul　jul　a-ra-yo
我會煮泡菜鍋。

◆ 한국에서 찜질방에 가 보고 싶어요．
han-gu-ge-seo　jjim-jil-bang-e　ga　bo-go　si-peo-yo
我想去韓國的汗蒸幕看看。

➤ 한국 **반찬**❷ 중에서 장아찌 종류가
han-guk　ban-chan　jung-e-seo　jang-a-jji　jong-nyu-ga
많아요．
ma-na-yo
韓國的小菜當中有很多醃菜。

▲ 我想去韓國的汗蒸幕看看

小筆記：
❶ 「짬뽕 炒馬麵」也會翻成「海鮮麵」，會有一點辣。
❷ 指「小菜」。

# NOTE

終 聲

# ●終聲（收尾音）

終聲的七種發音：ㄱ、ㄴ、ㄷ、ㄹ、ㅁ、ㅂ、ㅇ。

韓文的終聲只有**七種發音**，其餘的子音必須找出它的代表音，請看以下表格：

| ㄱ<br>[k] | ㄴ<br>[n] | ㄷ<br>[t] | ㄹ<br>[l] | ㅁ<br>[m] | ㅂ<br>[p] | ㅇ<br>[ng] |
|---|---|---|---|---|---|---|
| ㄱ<br>ㅋ<br>ㄲ | ㄴ | ㄷ<br>ㅌ<br>ㅅ<br>ㅆ<br>ㅈ<br>ㅊ<br>ㅎ | ㄹ | ㅁ | ㅂ<br>ㅍ | ㅇ |

| | |
|---|---|
| ㄱ | 각 = 갃 = 갂 |
| ㄴ | 난 |
| ㄷ | 닫 = 닽 = 닷 = 닸 = 닺 = 닻 = 닿 |
| ㄹ | 랄 |
| ㅁ | 맘 |
| ㅂ | 압 = 앞 |
| ㅇ | 앙 |

# ㄱ / [k]

## 發音技巧

類似英文 Facebook 的**最後「k」音**。這時候，終聲「ㄱ」的音雖然存在，但不能明顯的發出來，所以在發音上，「ㄱ」的音有**被縮進去（收進去）**的感覺在，因此終聲也稱為**收尾音**。另外，「각」、「갘」、「갂」這三個字終聲位置上的子音雖然長得不同，但發音是一樣的。因為終聲只有**七種可能**（「ㄱ」、「ㄴ」、「ㄷ」、「ㄹ」、「ㅁ」、「ㅂ」、「ㅇ」），「ㅋ」與「ㄲ」不能當終聲，所以「ㄱ」是「ㅋ」與「ㄲ」的**代表音**。

## 寫字技巧

「ㄱ」在終聲位置的時候，「ㄱ」要寫正，不要寫斜喔！

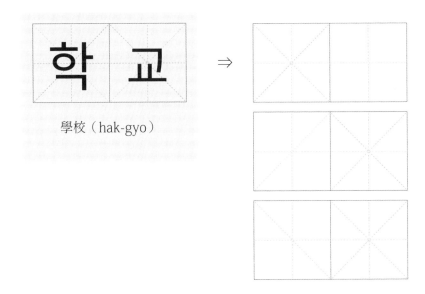

學校（hak-gyo）

大學生
dae-hak-saeng
대학생

釣魚
nak-ssi
낚시

書
chaek
책

國籍
guk-jeok
국적

筆記型電腦
no-teu-buk
노트북

計程車
taek-si
택시

玉米
ok-su-su
옥수수

藥局
yak-guk
약국

▶ 筆記型電腦

◆ **저는 책 읽는 것을 좋아해요.**
jeo-neun  chaek  ing-neun  geo-seul  jo-a-hae-yo
我喜歡看書。

◆ **학교에서 축제가 있어요.**
hak-gyo-e-seo  chuk-je-ga  i-sseo-yo
學校有慶典。

◆ **저녁에 택시 잡는 게 쉽지 않아요.**
jeo-nyeo-ge  taek-si  jam-neun  ge  swib-ji  a-na-yo
晚上攔計程車不容易。

◆ **국적이 어디예요?**
guk-jeo-gi  eo-di-ye-yo
你的國籍是哪裡?

▲ 晚上攔計程車不容易

# ㄴ / [n]

　　「ㄴ」在一般子音的位置的時候發「ㄋ（n）」的音，在終聲的位置時大致上等同於中文的「ㄣ」的發音。要注意的點是，**舌頭要輕輕咬住**喔！例如，很多人知道的「언니 姊姊」和「안녕 你好」的第一個字的終聲為「ㄴ」，所以最正確的發音要稍微輕咬舌頭。

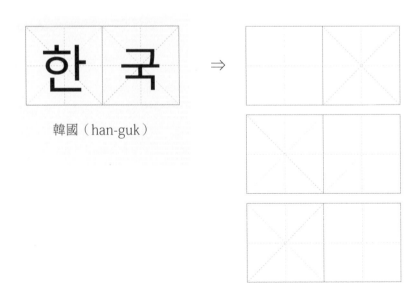

韓國（han-guk）

| | |
|---|---|
| 銀行<br>eun-haeng<br>**은행** | 手機<br>haen-deu-pon<br>**핸드폰** |
| 上班族<br>hoe-sa-won<br>**회사원** | 圖書館<br>do-seo-gwan<br>**도서관** |
| 臺灣<br>dae-man<br>**대만** | 拉麵<br>ra-myeon<br>**라면** |
| 雞蛋<br>gye-ran<br>**계란** | 朋友<br>chin-gu<br>**친구** |

▶ 拉麵

◇ 계란**빵**이 하나에 **얼마예요**[1] ?

gye-ran-ppang-i　　ha-na-e　　eol-ma-ye-yo

雞蛋麵包一個多少錢？

◆ **운전할 때**[2] 핸드폰을 보면 안 돼요 .

un-jeon-hal　ttae　haen-deu-po-neul　bo-myeon　an　dwae-yo

開車的時候不能看手機。

◆ 대만의 버블티가 유명하다고[3] 해요 .

dae-ma-nui　　beo-beul-ti-ga　　yu-myeong-ha-da-go　　hae-yo

聽說臺灣的珍珠奶茶很有名。

◇ 라면과 김치의 궁합이 잘 맞아요 .

ra-myeon-gwa　gim-chi-ui　　gung-ha-bi　jal　ma-ja-yo

拉麵和泡菜是很相配的食物。

▶ 開車的時候不能看手機

---

小筆記：

❶ 指「多少錢？」

❷ 原形為「운전하다 開車」，「V/A-(으)ㄹ 때」為「……的時候」。

❸ 「- 다고 해요」指「聽說」。

# ㄷ / [t]

　　類似英文 not 的**最後「t」的音**，這時候，終聲「ㄷ」的音還是存在的，但不能明顯的發出來，發終聲「ㄷ」的瞬間要停住，所以終聲「ㄷ」**舌頭要頂住**。另外，「ㄷ」是「ㅌ」、「ㅈ」、「ㅊ」、「ㅅ」、「ㅆ」、「ㅎ」的**代表音**。換句話說，「닫」、「닡」、「닺」、「닻」、「닷」、「닸」、「닿」這些字長得不同，但發音卻相同。

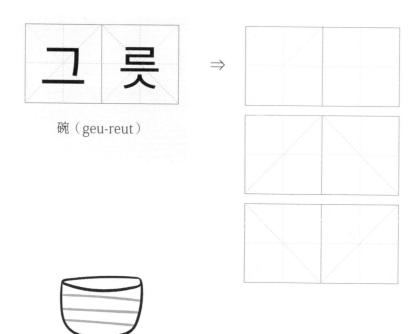

碗（geu-reut）

| 網路<br>in-teo-net<br>**인터넷** | 紅豆湯<br>pat-juk<br>**팥죽** |
| 數字<br>sut-ja<br>**숫자** | 櫻花<br>beot-kkot<br>**벚꽃** |
| 香菇<br>beo-seot<br>**버섯** | 湯匙<br>sut-ga-rak<br>**숟가락** |
| 鄰居<br>i-ut<br>**이웃** | 睡過頭<br>neut-jam<br>**늦잠** |

▶ 湯匙

▷ **한국은 인터넷 속도가 빠르기로** ❶
han-gu-geun　in-teo-net　sok-do-ga　ppa-reu-gi-ro

**유명해요** .
yu-myeong-hae-yo
韓國以快的網路速度聞名。

◆ **여의도 공원에서 벚꽃 구경을 했어요** . ❷
yeo-ui-do　gong-wo-ne-seo　beot-kkot gu-gyeong-eul　hae-sseo-yo
在汝矣島公園逛櫻花了。

▷ **한국에는 두 가지 숫자가 있어요** . ❸
han-gu-ge-neun　du　ga-ji　sut-ja-ga　i-sseo-yo
韓國有兩種數字。

◆ **늦잠을 자서 지각했어요** .
neut-ja-meul　ja-seo　ji-ga-kae-sseo-yo
因為睡過頭，所以遲到了。

小筆記：
❶ 「- 기로 유명해요」指「以…… 聞名」。
❷ 正確的發音為 [ 여이도 ]，因為第二個字的「의」非字首，所以得發「이」。
❸ 韓文的數字有「純韓文數字」和「漢字音數字」兩種。

# ㄹ  /[ㄹ]

　　類似英文 or 的**最後「r」的音**。終聲「ㄹ」的音還是存在，但不能明顯的發出來，發「ㄹ」的瞬間要停住，所以要發終聲「ㄹ」的音時舌頭要捲上去。要注意的地方是，發這一個終聲的時候，雖然說舌頭會捲上去，但是不會明顯的發出中文的「儿」的音喔！

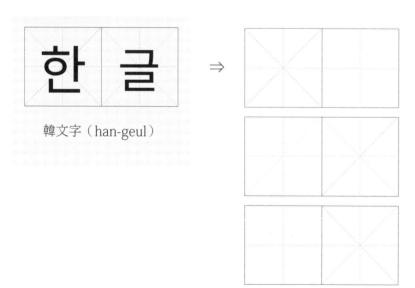

韓文字（han-geul）

巧克力
cho-kol-lit
**초콜릿**

蟲子
beol-le
**벌레**

飯店
ho-tel
**호텔**

首爾
seo-ul
**서울**

地下鐵
ji-ha-cheol
**지하철**

鞋子
sin-bal
**신발**

爺爺
ha-ra-beo-ji
**할아버지**

鴿子
bi-dul-gi
**비둘기**

▶ 爺爺

## 한국의 지하철은 편리하기는 하지만 ❶
han-gu-gui　　ji-ha-cheo-reun　　pyeol-li-ha-gi-neun　　ha-ji-man

## 복잡해요 .
bok-ja-pae-yo

韓國地下鐵雖然便利，但很複雜。

## 서울은 한국의 ❷ 수도예요 .
seo-u-reun　　han-gu-gui　　su-do-ye-yo

首爾是韓國的首都。

## 주말에는 항상 할아버지 ❸ 댁에 놀러
ju-ma-re-neun　　hang-sang　　ha-ra-beo-ji　　dae-ge　　nol-leo

## 갔어요 .
ga-sseo-yo

週末總是到爺爺家玩。

## 비둘기는 평화의 상징이에요 .
bi-dul-gi-neun　　pyeong-hwa-ui　　sang-jing-i-e-yo

鴿子是和平的象徵。

---

小筆記：

❶ 「V/A- 기는 하지만」指「雖然⋯⋯，但是⋯⋯」。

❷ 「의」是**所有格**，一般人都會發音為 [ 에 ]。

❸ 「할아버지」前面多加「외 外」，就變成「외할아버지 外公」。

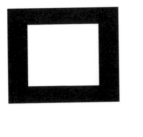 / [m]

　　「ㅁ」的終聲**嘴巴要閉起來**。「ㅁ」是韓文子音中的鼻音，所以發最後的終聲時也會有鼻音在。

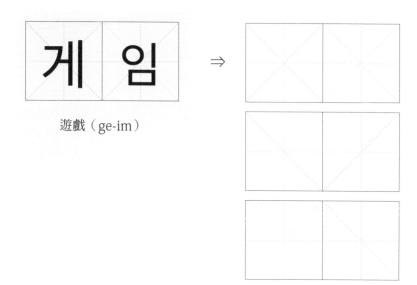

遊戲（ge-im）

叔叔
sam-chon
**삼촌**

老公
nam-pyeon
**남편**

泡菜
gim-chi
**김치**

電腦
keom-pyu-teo
**컴퓨터**

漢堡
haem-beo-geo
**햄버거**

費用
yo-geum
**요금**

人
sa-ram
**사람**

媽媽
eom-ma
**엄마**

▶ 泡菜

◆ 김치의 종류가 다양하다고
　　gim-chi-ui　　jong-nyu-ga　　da-yang-ha-da-go
들었어요 .
deu-reo-sseo-yo
聽說泡菜的種類很多樣。

◆ 어린이 요금이 얼마예요 ?
　　eo-ri-ni　　yo-geu-mi　　eol-ma-ye-yo
兒童的費用是多少錢？

◆ 남편은 무슨 일해요 ?
　nam-pyeo-neun　mu-seun　il-hae-yo
妳的老公做什麼工作？

◆ 어느 나라 사람이에요 ?
　eo-neu　　na-ra　　sa-ra-mi-e-yo
妳是哪一國人？

▲ 兒童的費用是多少錢？

---

小筆記：

❶ 韓國的泡菜除了用大白菜醃製的泡菜外，方塊蘿蔔、芥菜泡菜等，還有很多不同種類的泡菜喔！

❷ 除了「무슨 일해요? 做什麼工作？」外，還可以使用「직업이 뭐예요? 職業是什麼？」的問法。

# ㅂ / [p]

　　「ㅂ」的終聲**嘴巴要閉起來**。「ㅂ」和「ㅁ」都是嘴巴會閉起來的終聲，終聲「ㅂ」的音必須要在發ㄅ（b）的瞬間停住，所以終聲「ㅂ」的音會比終聲「ㅁ」的音還要短促，而且沒有鼻音。另外，「ㅂ」是「ㅍ」的**代表音**，換句話說，「압」和「앞」長得不同，卻都是發相同的音。

압

춥 다 ⇒

冷（chup-da）

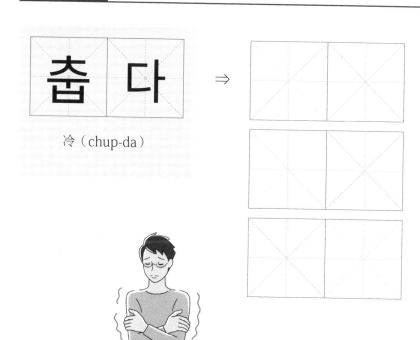

課程
su-eop
수업

咖啡廳
keo-pi-syop
커피숍

雜誌
jap-ji
잡지

茶館
chat-jip
찻집

五花肉
sam-gyeop-sal
삼겹살

膝蓋
mu-reup
무릎

七（數字）
il-gop
일곱

拌飯
bi-bim-bap
비빔밥

▶ 咖啡廳

◆ **오늘은 한국어 수업이 없어요.**
o-neu-reun　han-gu-geo　su-eo-bi　eop-seo-yo
今天沒有韓文課。

**삼겹살하고 비빔밥이 제일 맛있어요.**
sam-gyeop-sal-ha-go　bi-bim-ba-bi　je-il　ma-si-sseo-yo
五花肉和拌飯最好吃。

◆ **인사동**①**에 가면 전통 찻집에 꼭 가**
in-sa-dong-e　ga-myeon　jeon-tong　chat-ji-be　kkok　ga
**보세요.**
bo-se-yo
如果去仁寺洞，請一定要去傳統茶館。

**한국 사람들은 커피를 좋아해서**
han-guk　sa-ram-deu-reun　keo-pi-reul　jo-a-hae-seo
**커피숍이 많아요.**
keo-pi-syo-bi　ma-na-yo
因為韓國人喜歡喝咖啡，所以有很多咖啡廳。

小筆記：
❶ 仁寺洞是很有韓國傳統氣息的地方，為了維護仁寺洞的傳統氣氛，這裡的招牌都是
　使用韓文標記的！

/ [ng]

## 發音技巧

　　「ㅇ」當一般子音的時候是不發音的，但是「ㅇ」當終聲時發「ㄥ（ng）」的音。很多學習者分不清楚終聲「ㄴ」與終聲「ㅇ」之間的差別，請注意！終聲「ㄴ」是發「ㄣ（n）」的音，所以**舌頭需要輕輕咬住**，而終聲「ㅇ」是發「ㄥ（ng）」的音，所以**嘴巴是張開來的**。

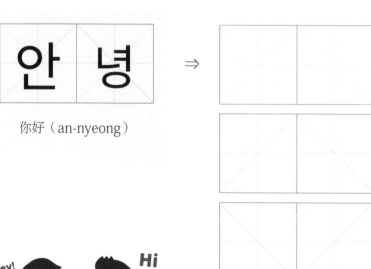

你好（an-nyeong）

Hey!

Hi

收據
yeong-su-jeung
**영수증**

麵包
ppang
**빵**

生日
saeng-il
**생일**

食堂、餐廳
sik-dang
**식당**

運動
un-dong
**운동**

機場
gong-hang
**공항**

老師
seon-saeng-nim
**선생님**

化妝品
hwa-jang-pum
**화장품**

▶ 化妝品

▷ 영수증 **드릴까요**❶ ?

yeong-su-jeung　　deu-ril-kka-yo

需要給您收據嗎？

◆ 생일이 **몇** ❷ 월 며칠이에요 ?

saeng-i-ri　　myeot　wol　　myeo-chi-ri-e-yo

生日是幾月幾日？

◆ 한국에서 인천국제**공항**이 제일 커요 .

han-gu-ge-seo　　in-cheon-guk-je-gong-hang-i　　je-il　　keo-yo

在韓國，仁川國際機場最大。

▷ 맛있는 **한**식당❸ 추천해 주세요 .

ma-sin-neun　　han-sik-dang　chu-cheon-hae　　ju-se-yo

請幫我推薦好吃的韓式料理店。

---

小筆記：

❶ 「드릴까요?」是「需要給您嗎?」的意思。因為在韓國很少人會拿收據，有時候不
跟店員要收據，店員也不會主動給，不過通常店員會先問：「영수증 드릴까요? 需
要給您收據嗎?」

❷ 正確的發音為 [ 며뒬 ]。

❸ 「한식당」指「韓式料理店」。

# ●子音名稱

　　每個韓文子音都有名稱，一般學習者容易忽略這個部分，但是在韓國，如果沒有聽清楚對方的發音時，會用子音的名稱來問對方說的是否是這一個子音。

| ㄱ | ㄴ | ㄷ | ㄹ | ㅁ | ㅂ | ㅅ |
|---|---|---|---|---|---|---|
| 기역<br>[ 기역 ] | 니은<br>[ 니은 ] | 디귿<br>[ 디귿 ] | 리을<br>[ 리을 ] | 미음<br>[ 미음 ] | 비읍<br>[ 비읍 ] | 시옷<br>[ 시옫 ] |
| gi-yeok | ni-eun | di-geut | ri-eul | mi-eum | bi-eup | si-ot |

| ㅇ | ㅈ | ㅊ | ㅋ | ㅌ | ㅍ | ㅎ |
|---|---|---|---|---|---|---|
| 이응<br>[ 이응 ] | 지읒<br>[ 지읃 ] | 치읓<br>[ 치읃 ] | 키읔<br>[ 키윽 ] | 티읕<br>[ 티읃 ] | 피읖<br>[ 피읍 ] | 히읗<br>[ 히읃 ] |
| i-eung | ji-eut | chi-eut | ki-euk | ti-eut | pi-eup | hi-eut |

| ㄲ | ㄸ | ㅃ | ㅆ | ㅉ |
|---|---|---|---|---|
| 쌍기역<br>[ 쌍기역 ] | 쌍디귿<br>[ 쌍디귿 ] | 쌍비읍<br>[ 쌍비읍 ] | 쌍시옷<br>[ 쌍시옫 ] | 쌍지읒<br>[ 쌍지읃 ] |
| ssang-gi-yeok | ssang-di-geut | ssang-bi-eup | ssang-si-ot | ssang-ji-eut |

　　我們在子音的名稱裡可以發現很有趣的事情，子音的名稱都是由發音的子音字母開頭，結束的終聲也是該發音結尾。背子音名稱的同時，能夠同時練習該發音符號的子音和終聲的發音喔！

## ● 韓文字母表

| | ㄱ | ㄴ | ㄷ | ㄹ | ㅁ | ㅂ | ㅅ | ㅇ | ㅈ | ㅊ | ㅋ | ㅌ | ㅍ | ㅎ |
|---|---|---|---|---|---|---|---|---|---|---|---|---|---|---|
| ㅏ | 가 | 나 | 다 | 라 | 마 | 바 | 사 | 아 | 자 | 차 | 카 | 타 | 파 | 하 |
| ㅑ | 갸 | 냐 | 댜 | 랴 | 먀 | 뱌 | 샤 | 야 | 쟈 | 챠 | 캬 | 탸 | 퍄 | 햐 |
| ㅓ | 거 | 너 | 더 | 러 | 머 | 버 | 서 | 어 | 저 | 처 | 커 | 터 | 퍼 | 허 |
| ㅕ | 겨 | 녀 | 뎌 | 려 | 며 | 벼 | 셔 | 여 | 져 | 쳐 | 켜 | 텨 | 펴 | 혀 |
| ㅗ | 고 | 노 | 도 | 로 | 모 | 보 | 소 | 오 | 조 | 초 | 코 | 토 | 포 | 호 |
| ㅛ | 교 | 뇨 | 됴 | 료 | 묘 | 뵤 | 쇼 | 요 | 죠 | 쵸 | 쿄 | 툐 | 표 | 효 |
| ㅜ | 구 | 누 | 두 | 루 | 무 | 부 | 수 | 우 | 주 | 추 | 쿠 | 투 | 푸 | 후 |
| ㅠ | 규 | 뉴 | 듀 | 류 | 뮤 | 뷰 | 슈 | 유 | 쥬 | 츄 | 큐 | 튜 | 퓨 | 휴 |
| ㅡ | 그 | 느 | 드 | 르 | 므 | 브 | 스 | 으 | 즈 | 츠 | 크 | 트 | 프 | 흐 |
| ㅣ | 기 | 니 | 디 | 리 | 미 | 비 | 시 | 이 | 지 | 치 | 키 | 티 | 피 | 히 |

|    | ㄱ | ㄴ | ㄷ | ㄹ | ㅁ | ㅂ | ㅅ | ㅇ | ㅈ | ㅊ | ㅋ | ㅌ | ㅍ | ㅎ |
|----|----|----|----|----|----|----|----|----|----|----|----|----|----|----|
| ㅐ | 개 | 내 | 대 | 래 | 매 | 배 | 새 | 애 | 재 | 채 | 캐 | 태 | 패 | 해 |
| ㅒ | 걔 | 냬 | 댸 | 럐 | 먜 | 뱨 | 섀 | 얘 | 쟤 | 챼 | 컈 | 턔 | 퍠 | 햬 |
| ㅔ | 게 | 네 | 데 | 레 | 메 | 베 | 세 | 에 | 제 | 체 | 케 | 테 | 페 | 헤 |
| ㅖ | 계 | 녜 | 뎨 | 례 | 몌 | 볘 | 셰 | 예 | 졔 | 쳬 | 켸 | 톄 | 폐 | 혜 |
| ㅘ | 과 | 놔 | 돠 | 롸 | 뫄 | 봐 | 솨 | 와 | 좌 | 촤 | 콰 | 톼 | 퐈 | 화 |
| ㅝ | 궈 | 눠 | 둬 | 뤄 | 뭐 | 붜 | 숴 | 워 | 줘 | 춰 | 쿼 | 퉈 | 풔 | 훠 |
| ㅙ | 괘 | 놰 | 돼 | 뢔 | 뫠 | 봬 | 쇄 | 왜 | 좨 | 쵀 | 쾌 | 퇘 | 퐤 | 홰 |
| ㅞ | 궤 | 눼 | 뒈 | 뤠 | 뭬 | 붸 | 쉐 | 웨 | 줴 | 췌 | 퀘 | 퉤 | 풰 | 훼 |
| ㅚ | 괴 | 뇌 | 되 | 뢰 | 뫼 | 뵈 | 쇠 | 외 | 죄 | 최 | 쾨 | 퇴 | 푀 | 회 |
| ㅟ | 귀 | 뉘 | 뒤 | 뤼 | 뮈 | 뷔 | 쉬 | 위 | 쥐 | 취 | 퀴 | 튀 | 퓌 | 휘 |
| ㅢ | 긔 | 늬 | 듸 | 릐 | 믜 | 븨 | 싀 | 의 | 즤 | 츼 | 킈 | 틔 | 픠 | 희 |

|  | ㄲ | ㄸ | ㅃ | ㅆ | ㅉ |  | ㄲ | ㄸ | ㅃ | ㅆ | ㅉ |
|---|---|---|---|---|---|---|---|---|---|---|---|
| ㅏ | 까 | 따 | 빠 | 싸 | 짜 | ㅐ | 깨 | 때 | 빼 | 쌔 | 째 |
| ㅑ | 꺄 | 땨 | 뺘 | 쌰 | 쨔 | ㅒ | 깨 | 떄 | 뺴 | 썌 | 쨰 |
| ㅓ | 꺼 | 떠 | 뻐 | 써 | 쩌 | ㅔ | 께 | 떼 | 뻬 | 쎄 | 쩨 |
| ㅕ | 껴 | 뗘 | 뼈 | 쎠 | 쪄 | ㅖ | 꼐 | 뗴 | 뼤 | 쎼 | 쪠 |
| ㅗ | 꼬 | 또 | 뽀 | 쏘 | 쪼 | ㅘ | 꽈 | 똬 | 뽜 | 쏴 | 쫘 |
| ㅛ | 꾜 | 뚀 | 뽀 | 쑈 | 쬬 | ㅝ | 꿔 | 뚸 | 뿨 | 쒀 | 쭤 |
| ㅜ | 꾸 | 뚜 | 뿌 | 쑤 | 쭈 | ㅙ | 꽤 | 뙈 | 뽸 | 쐐 | 쫴 |
| ㅠ | 뀨 | 뜌 | 쀼 | 쓔 | 쮸 | ㅞ | 꿰 | 뛔 | 쀄 | 쒜 | 쮀 |
| ㅡ | 끄 | 뜨 | 쁘 | 쓰 | 쯔 | ㅚ | 꾀 | 뙤 | 뾔 | 쐬 | 쬐 |
| ㅣ | 끼 | 띠 | 삐 | 씨 | 찌 | ㅟ | 뀌 | 뛰 | 쀠 | 쒸 | 쮜 |
|  |  |  |  |  |  | ㅢ | 끠 | 띄 | 쁴 | 씌 | 쯰 |

# NOTE

複合子音

**複合子音**是指終聲位置上出現的**兩個子音**，因為終聲不可能同時發兩個音，在發音上可能是發左邊的子音，也有可能是發右邊的子音，或者一個複合子音會依情況發左邊或右邊。

## ● 複合子音列表

| ㄳ | ㄵ | ㄶ | ㄹ | ㄹ | ㄹ | ㅄ | ㄹ | ㄹ | ㄹ | ㄹ |
|---|---|---|---|---|---|---|---|---|---|---|
| ㄱ | ㄴ | ㄴ | ㄹ | ㄹ | ㄹ | ㅂ | ㅂ | ㅁ | ㄹ/ㅂ | ㄹ/ㄱ |

那麼我們一起來詳細地了解一下有哪些複合母音是發**左邊的音**呢？

| 1. ㄳ | | 2. ㄶ | |
|---|---|---|---|
| 몫<br>份<br>**[몫]**<br>mok | 삯<br>工錢<br>**[삭]**<br>sak | 끊다<br>切斷<br>**[끈타]**<br>kkeun-ta | 않다<br>不<br>**[안타]**<br>an-ta |

| 3. ㄺ | 4. ㄾ |
|---|---|
| 외곬<br>單方面<br>**[외골]**<br>oe-gol | 핥다<br>舔<br>**[할따]**<br>hal-da |

| 5. ㅀ | | | 6. ㅄ | | |
|---|---|---|---|---|---|
| 잃다<br>遺失<br>**[일타]**<br>il-ta | 끓다<br>滾<br>**[끌타]**<br>kkeul-ta | 옳다<br>合理<br>**[올타]**<br>ol-ta | 없다<br>沒有<br>**[업따]**<br>eop-da | 값<br>價位<br>**[갑]**<br>gap | 값지다<br>值錢<br>**[갑찌다]**<br>gap-ji-da |

發**右邊音**的複合子音：

| 1. ㄲ | 2. ㅁ | | | | |
|---|---|---|---|---|---|
| 읊다<br>吟誦<br>[ 읍따 ]<br>eup-da | 굶다<br>餓肚子<br>[ 굼따 ]<br>gum-da | 삶<br>人生<br>[ 삼 ]<br>sam | 젊다<br>年輕<br>[ 점따 ]<br>jeom-da | 닮다<br>相似<br>[ 담따 ]<br>dam-da | 옮기다<br>搬移<br>[옮기다]<br>om-gi-da |

**依情況發左邊**或**右邊**的複合子音：

1. ㄼ 大部分的情況下都是發 [ ㄹ ]，例如：

| 넓다<br>寬廣<br>[ 널따 ]<br>neol-da | 짧다<br>短<br>[ 짤따 ]<br>jjal-da | 여덟<br>八<br>[ 여덜 ]<br>yeo-deol |
|---|---|---|

發 [ ㅂ ] 的音的情況，例如：

| 밟다<br>踩<br>[ 밥따 ]<br>bap-da | 밟지 마세요<br>請勿踩<br>[ 밥찌 마세요 ]<br>bap-ji ma-se-yo | 넓둥글다<br>寬圓<br>[ 넙뚱글다 ]<br>neop-dung-geul-da |
|---|---|---|

只要與「밟다 踩」、「넓둥글다 寬圓」衍生出來的句子，都要發「ㅂ」。

2. ㄹㄱ大部分的情況下，都是發 [ ㄱ ]，例如：

| 맑다<br>晴朗<br>[ 막따 ]<br>mak-da | 읽다<br>閱讀<br>[ 익따 ]<br>ik-da | 닭<br>雞<br>[ 닥 ]<br>dak | 밝습니다<br>明亮<br>[박씀니다]<br>bak-seum-ni-da | 흙<br>土壤<br>[ 흑 ]<br>heuk |
| --- | --- | --- | --- | --- |

但是複合子音「ㄹㄱ」的後面，如果是接子音「ㄱ」的情況下，就要發 [ ㄹ ]
的音。例如：

| 맑고<br>又晴朗又……<br>[ 말꼬 ]<br>mal-go | 밝기<br>亮度<br>[ 발끼 ]<br>bal-gi | 읽고<br>閱讀之後<br>[ 일꼬 ]<br>il-go |
| --- | --- | --- |

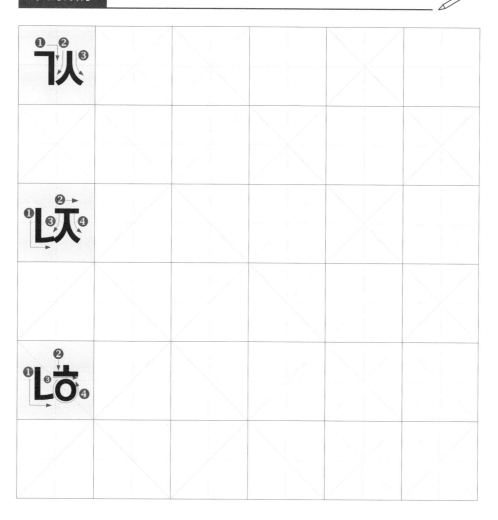

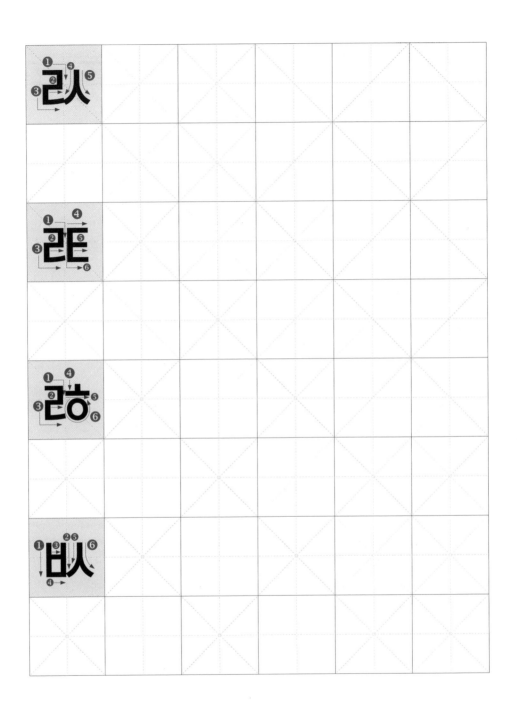

NOTE

# 發音規則

# ●連音化

　除了終聲「ㅇ」以外的任何一個終聲後面的子音為「ㅇ」，這時候終聲要移到「ㅇ」的位置上。（羅馬拼音標記為套用發音規則後的實際發音）

| 귀걸이<br>耳環<br>[ 귀거리 ]<br>gwi-geo-ri | 맛있어요<br>好吃<br>[ 마시써요 ]<br>ma-si-sseo-yo | 일요일<br>星期日<br>[ 이료일 ]<br>i-ryo-il | 속옷<br>內衣<br>[ 소곧 ]<br>so-got |
|---|---|---|---|
| 할아버지<br>爺爺<br>[ 하라버지 ]<br>ha-ra-beo-ji | 작업<br>工作<br>[ 자겁 ]<br>ja-geop | 음악<br>音樂<br>[ 으막 ]<br>eu-mak | 분야<br>領域<br>[ 부냐 ]<br>bu-nya |

　連音化的發音規則有兩種，第一種就是在上面看到的把字面上的音移過去；但是如果該單字是由兩個單字組合而成，那就要把終聲的代表音移到後面。

| 겉옷<br>外套<br>[ 거돋 ]<br>geo-dot | 맛없다<br>難吃<br>[ 마덥따 ]<br>ma-deop-da | 멋없다<br>不好看<br>[ 머덥따 ]<br>meo-deop-da | 헛웃음<br>苦笑<br>[ 허두슴 ]<br>heo-du-seum |
|---|---|---|---|

겉（外面）＋ 옷（衣服）＝ 겉옷（外套）
맛（味道）＋ 없다（沒有）＝ 맛없다（不好吃、難吃）
멋（帥氣）＋ 없다（沒有）＝ 멋없다（不好看、不帥）
헛（白白、空）＋ 웃음（微笑）＝ 헛웃음（苦笑）

## ●鼻音化

終聲「ㄱ」、「ㄷ」、「ㅂ」後面遇到子音「ㄴ」、「ㅁ」的時候，
終聲要同化為「ㅇ」、「ㄴ」、「ㅁ」。

| 막내<br>老么<br>[ 망내 ]<br>mang-nae | 입맛<br>胃口<br>[ 임맏 ]<br>im-mat | 한국말<br>韓文<br>[ 한궁말 ]<br>han-gung-mal | 작년<br>去年<br>[ 장년 ]<br>jang-nyeon |
|---|---|---|---|
| 옛날<br>以前<br>[ 옌날 ]<br>yen-nal | 박물관<br>博物館<br>[ 방물관 ]<br>bang-mul-gwan | 낱말<br>詞彙<br>[ 난말 ]<br>nan-mal | 거짓말<br>說謊<br>[ 거진말 ]<br>geo-jin-mal |

# ● 硬音化

　　終聲「ㄱ」、「ㄷ」、「ㅂ」後面遇到子音「ㄱ」、「ㄷ」、「ㅂ」、「ㅅ」、「ㅈ」的時候，後面的子音要變成硬音的「ㄲ」、「ㄸ」、「ㅃ」、「ㅆ」、「ㅉ」。

| | | | |
|---|---|---|---|
| 학교<br>學校<br>**[ 학꾜 ]**<br>hak-gyo | 책상<br>書桌<br>**[ 책쌍 ]**<br>chaek-sang | 습관<br>習慣<br>**[ 습꽌 ]**<br>seup-gwan | 복숭아<br>水蜜桃<br>**[ 복쑹아 ]**<br>bok-sung-a |
| 젓가락<br>筷子<br>**[ 젇까락 ]**<br>jeot-ga-rak | 옷장<br>衣櫥<br>**[ 옫짱 ]**<br>ot-jang | 잡지<br>雜誌<br>**[ 잡찌 ]**<br>jap-ji | 갑자기<br>突然<br>**[ 갑짜기 ]**<br>gap-ja-gi |
| 몹시<br>非常<br>**[ 몹씨 ]**<br>[mop-si] | 옆집<br>鄰居<br>**[ 엽찝 ]**<br>yeop-jip | 맥주<br>啤酒<br>**[ 맥쭈 ]**<br>maek-ju | 꽃다발<br>花束<br>**[ 꼳따발 ]**<br>kkot-da-bal |

## ● 激音化

終聲「ㅎ」的後面碰到子音「ㄱ」、「ㄷ」、「ㅂ」、「ㅈ」，或者終聲「ㄱ」、「ㄷ」、「ㅂ」、「ㅈ」的後面碰到子音「ㅎ」的時候，要結合為「ㅋ」、「ㅌ」、「ㅍ」、「ㅊ」。

| | | | |
|---|---|---|---|
| 백화점<br>百貨公司<br>**[ 배콰점 ]**<br>bae-kwa-jeom | 국화<br>菊花<br>**[ 구콰 ]**<br>gu-kwa | 축하<br>祝賀<br>**[ 추카 ]**<br>chu-ka | 역할<br>角色<br>**[ 여칼 ]**<br>yeo-kal |
| 특히<br>尤其是<br>**[ 트키 ]**<br>teu-ki | 입학<br>入學<br>**[ 이팍 ]**<br>i-pak | 많다<br>多<br>**[ 만타 ]**<br>man-ta | 하얗다<br>白白的<br>**[ 하야타 ]**<br>ha-ya-ta |
| 익숙하다<br>習慣<br>**[ 익쑤카다 ]**<br>ik-su-ka-da | 넣다<br>放進……裡<br>**[ 너타 ]**<br>neo-ta | 잃다<br>遺失<br>**[ 일타 ]**<br>il-ta | 맏형<br>長兄<br>**[ 마텽 ]**<br>ma-tyeong |

# ● 口蓋音化

終聲「ㄷ」、「ㅌ」後面遇到「이」的時候，結合為「지」和「치」的音。

| 굳이<br>硬要<br>**[ 구지 ]**<br>gu-ji | 곧이곧대로<br>如實<br>**[ 고지곧때로 ]**<br>go-ji-got-dae-ro | 미닫이<br>拉門<br>**[ 미다지 ]**<br>mi-da-ji | 여닫이<br>推門<br>**[ 여다지 ]**<br>yeo-da-ji |
|---|---|---|---|
| 해돋이<br>日出<br>**[ 해도지 ]**<br>hae-do-ji | 같이<br>一起<br>**[ 가치 ]**<br>ga-chi | 붙이다<br>黏貼<br>**[ 부치다 ]**<br>bu-chi-da | 낱낱이<br>徹底地<br>**[ 난나치 ]**<br>nan-na-chi |

## ● 流音化

終聲「ㄹ」碰到子音「ㄴ」，或者終聲「ㄴ」碰到子音「ㄹ」的時候，「ㄴ」要變成「ㄹ」。

| | | | |
|---|---|---|---|
| 설날<br>過年<br>**[ 설랄 ]**<br>seol-lal | 실내<br>室內<br>**[ 실래 ]**<br>sil-lae | 대관령<br>大關嶺<br>**[ 대괄령 ]**<br>dae-gwal-lyeong | 난로<br>暖爐<br>**[ 날로 ]**<br>nal-lo |
| 신라<br>新羅<br>**[ 실라 ]**<br>sil-la | 전라도<br>全羅道<br>**[ 절라도 ]**<br>jeol-la-do | 칼날<br>刀刃<br>**[ 칼랄 ]**<br>kal-lal | 진리<br>真理<br>**[ 질리 ]**<br>jil-li |
| 연락<br>聯絡<br>**[ 열락 ]**<br>yeol-lak | 한라산<br>韓拏山<br>**[ 할라산 ]**<br>hal-la-san | 물냉면<br>水冷麵<br>**[ 물랭면 ]**<br>mul-laeng-myeon | 관련<br>關連<br>**[ 괄련 ]**<br>gwal-lyeon |

流音化有幾個例外的單字，像是遇到「량」、「란」、「론」等結尾的漢字語單字，是要把「ㄹ」的發音改為「ㄴ」。

| | | | |
|---|---|---|---|
| 생산량<br>生產量<br>**[ 생산냥 ]**<br>saeng-san-nyang | 의견란<br>意見欄<br>**[ 의견난 ]**<br>ui-gyeon-nan | 이원론<br>二元論<br>**[ 이원논 ]**<br>i-won-non | 다원론<br>多元論<br>**[ 다원논 ]**<br>da-won-non |

# ●「ㄴ」的添加

　如果**合成語或派生語**❶的單字裡有終聲，且下一個字是「이」、「야」、「여」、「요」、「유」的時候，要多添加「ㄴ」後讓它變成「니」、「냐」、「녀」、「뇨」、「뉴」。

| 십육<br>十六<br>**[ 심뉵 ]**<br>sim-nyuk | 집안일<br>家事<br>**[ 지반닐 ]**<br>ji-ban-nil | 깻잎<br>芝麻葉<br>**[ 깬닙 ]**<br>kkaen-nip | 큰일<br>大事<br>**[ 큰닐 ]**<br>keun-nil |
| --- | --- | --- | --- |

- **십육 十六**：先添加「ㄴ」→ [ 십뉵 ]，終聲「ㅂ」與「ㄴ」之間再產生鼻音化的發音規則，最後的發音為 [ 심뉵 ]。
- **깻잎 芝麻葉**：先添加「ㄴ」→ [ 깬닙 ]❷，終聲「ㄷ」與「ㄴ」之間再產生鼻音化的發音規則，最後的發音為 [ 깬닙 ]。

小筆記：
❶ 注意！合成語指的是兩個詞彙組成的單字；派生語指的是一個詞彙和語尾組成的單字。
❷ 因為「깻」中的「ㅅ」不能當終聲，「ㅅ」的代表音為「ㄷ」。

| 꽃잎<br>花葉<br>**[ 꼰닙 ]**<br>kkon-nip | 나뭇잎<br>樹葉<br>**[ 나문닙 ]**<br>na-mun-nip | 담요<br>毯子<br>**[ 담뇨 ]**<br>dam-nyo | 색연필<br>彩色鉛筆<br>**[ 생년필 ]**<br>saeng-nyeon-pil |
|---|---|---|---|

- **꽃잎 花葉**：先添加「ㄴ」→ [ 꼰닙 ]，終聲「ㄷ」與「ㄴ」之間再產生鼻音化的發音規則，最後的發音為 [ 꼰닙 ]。

- **나뭇잎 樹葉**：先添加「ㄴ」→ [ 나문닙 ]，終聲「ㄷ」與「ㄴ」之間再產生鼻音化的發音規則，最後的發音為 [ 나문닙 ]。

- **색연필 彩色鉛筆**：先添加「ㄴ」→ [ 색년필 ]，終聲「ㄱ」與「ㄴ」之間再產生鼻音化的發音規則，最後的發音為 [ 생년필 ]。

# NOTE

鍵盤打字

# ● 手機打字教學

　　輸入韓文字的手機鍵盤大致上有兩種，我們來學學看到底要怎麼打韓文字！

### 第一種常見的手機鍵盤

　　是使用韓文母音的三個基本觀念（天「‧」、地「一」、人「ㅣ」）設計而成的天地人鍵盤。鍵盤裡只有三個母音（最上面一排），那其他母音要怎麼打出來呢？如果想要打母音「ㅏ」，請先輸入「ㅣ」，再按「‧」即可。如果想要打母音「ㅗ」，請先輸入「‧」，再按「一」即可。如果想要打母音「ㅐ」，請先輸入「ㅣ」，再按「‧」，接著按「ㅣ」即可。至於雙子音的部分，想要打哪一個雙子音，就按該雙子音的平音三次即可，也就是說，如果想要打「ㄲ」，請按三次的「ㄱ」。

**第二種常見的手機鍵盤**

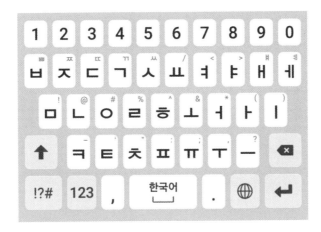

找不到的母音和子音，按鍵盤中的符號「↑」就會出現喔！

# ● 電腦打字教學

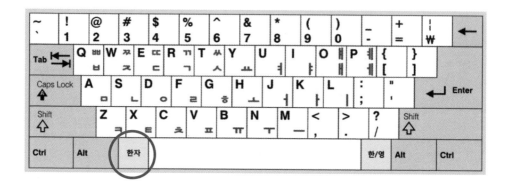

　　以上是韓國的電腦鍵盤，有趣的部分是「한자 漢字」這個按鈕，它到底有何用處呢？本書最開始有說明過韓文字與漢字的密切關係，因此打了韓文字或漢字後按「한자 漢字」按鈕，就會出現對應的字喔！請看右頁圖片：

　　我打了「中秋節」後立刻按「한자 漢字」按鈕，下面會出現它的韓文單字「중추절」，「중추절」是從中秋節翻過來的韓文單字，「중추절」下面寫的「仲秋節」則是在韓國使用的漢字。講簡單一點，中文使用「**中**秋節」，但是在韓國卻是使用「**仲**秋節」這個漢字。

　　另外，如果要打雙子音或鍵盤裡沒有的母音，壓著「Shift」的同時，按它的平音即可。例如：想要打雙子音「ㄲ」，壓著「Shift」的同時，按「ㄱ」；想要打母音「ㅒ」，壓著「Shift」的同時，按「ㅐ」即可。

## 加入晨星

### 即享『50 元 購書優惠券』

---

### —— 回函範例 ——

您的姓名： 晨小星

您購買的書是： 貓戰士

性別： ●男 ○女 ○其他

生日： 1990/1/25

E-Mail： ilovebooks@morning.com.tw

電話／手機： 09××-×××-×××

聯絡地址： 台中 市　 西屯 區

工業區 30 路 1 號

您喜歡：●文學／小說　●社科／史哲　●設計／生活雜藝　○財經／商管

（可複選）●心理／勵志　○宗教／命理　○科普　　○自然　●寵物

心得分享： 我非常欣賞主角…

本書帶給我的…

**"誠摯期待與您在下一本書相遇，讓我們一起在閱讀中尋找樂趣吧！"**

國家圖書館出版品預行編目（CIP）資料

韓語40音完全自學手冊（修訂版）／郭修蓉（곽수용）著.
　-- 二版. -- 臺中市：晨星出版有限公司, 2023.04
　240面；16.5×22.5公分. --（語言學習；30）
　ISBN 978-626-320-390-7（平裝）


　1.CST：韓語　2.CST：發音


803.24　　　　　　　　　　　　　　　　　　112001097

語言學習 30

# 韓語40音完全自學手冊(修訂版)

| | |
|---|---|
| 作者 | 郭修蓉 곽수용 |
| 編輯 | 余順琪 |
| 封面設計 | 耶麗米工作室 |
| 美術編輯 | 張蘊方 |
| 內頁排版 | 林姿秀 |

| | |
|---|---|
| 創辦人 | 陳銘民 |
| 發行所 | 晨星出版有限公司 |
| | 407台中市西屯區工業30路1號1樓 |
| | TEL:04-23595820　FAX:04-23550581 |
| | E-mail:service-taipei@morningstar.com.tw |
| | http://star.morningstar.com.tw |
| | 行政院新聞局局版台業字第2500號 |
| 法律顧問 | 陳思成律師 |
| 初版 | 西元2021年02月01日 |
| 二版 | 西元2023年04月01日 |
| 二版二刷 | 西元2023年08月20日 |

| | |
|---|---|
| 讀者服務專線 | TEL:02-23672044 / 04-23595819#212 |
| 讀者傳真專線 | FAX:02-23635741 / 04-23595493 |
| 讀者專用信箱 | E-mail:service@morningstar.com.tw |
| 網路書店 | http://www.morningstar.com.tw |
| 郵政劃撥 | 15060393(知己圖書股份有限公司) |
| 印刷 | 上好印刷股份有限公司 |

定價 370 元
(如書籍有缺頁或破損,請寄回更換)
ISBN:978-626-320-390-7

圖片來源:shutterstock.com

Published by Morning Star Publishing Inc.
Printed in Taiwan
All rights reserved.
版權所有・翻印必究